Lanny

Max Porter (High Wycombe, Reino Unido, 1981) es editor de Granta Books y de Portobello Books. Su primera novela, *El duelo es esa cosa con alas*, ganó numerosos premios internacionales, entre los que destacan el Dylan Thomas y el Sunday Times/Peters, Fraser + Dunlop al mejor escritor joven del año. También fue finalista del Guardian First Book Award y del Goldsmiths Prize. Su segunda novela, *Lanny*, ha sido nominada a varios premios, entre los que destaca el Man Booker. Su obra ha sido traducida a veintisiete idiomas. Actualmente vive con su familia en Bath, Inglaterra.

Lanny

MAX PORTER

Traducción de
Milo J. Krmpotić

LITERATURA RANDOM HOUSE

Papel certificado por el Forest Stewardship Council®

Título original: *Lanny*

Primera edición: enero de 2020

© 2019, Max Porter
© 2020, Penguin Random House Grupo Editorial, S.A.U.
Travessera de Gràcia, 47-49. 08021 Barcelona
© 2020, Milo J. Krmpotić, por la traducción

Diseño de la cubierta: © Faber & Faber

Printed in Spain – Impreso en España

ISBN: 978-84-397-3641-7
Depósito legal: B-22.383-2019

Compuesto en La Nueva Edimac, S.L.
Impreso en Egedsa (Sabadell, Barcelona)

RH 3 6 4 1 7

Penguin
Random House
Grupo Editorial

Por el horizonte confuso y doliente
venía la noche preñada de estrellas.
Yo, como el barbudo mago de los cuentos,
sabía el lenguaje de flores y piedras.

Aprendí secretos de melancolía,
dichos por cipreses, ortigas y yedras;
supe del ensueño por boca del nardo,
canté con los lirios canciones serenas.

De «Invocación al laurel»,
FEDERICO GARCÍA LORCA

1

Papá Berromuerto despierta de la siesta que ha hecho de pie, ancho como una hectárea, y se rasca los posos soñolientos de bitumen, que brillan colmados por pegotes de basura líquida. Se tumba a escuchar los himnos de la tierra (no le llega ninguno, así que se pone a tararear), a continuación se encoge, se rasga una boca con la anilla oxidada de una lata y sorbe una piel húmeda de mantillo rico en ácidos y detritívoros afrutados. Se quiebra y se tambalea, se divide y se recompone, expectora una maceta de plástico y un condón petrificado, se interrumpe brevemente como una bañera de fibra de vidrio hecha añicos, tropieza y se arranca la máscara, se palpa la cara y la descubre hecha de botellas de ácido tánico enterradas tiempo ha. Desechos victorianos.

Irascible, Papá Berromuerto no debería dormir jamás por la tarde; ahora ignora quién es.

Desea matar algo, así que se pone a cantar. Suena lento, para nada como las burbujas que una ola de calor hace brotar en el pavimento. Le lleva una hora de sudores esbozar una sonrisa. Se anima, comienza a charlar con voz de idiota cultivado con las alas apergaminadas y con sus subalternos subcorticales, con las marcas que él mismo dejó allí el año anterior, con ratones y alondras, topillos y ciervos, con el peculiar recuerdo que le dice que es un ser de ciclos fiables, que forma parte del currículo campestre. Una y otra vez se cambia de lúgubre disfraz mientras sortea los árboles entre crujidos, goteos y maldiciones. Avanza algunos metros como un ingeniero de chaleco fluorescente. Da un paso vestido de esmoquin, el siguiente como un refugio antiaéreo del tipo Anderson, otro con chándal, luego como una capota de jeep oxidada, a continuación es una falda de cuero, pero nada acaba de funcionar. Se detiene como un tubo de escape, se retuerce para adoptar la forma de un cepo de conejos, luego una ortiga meada y un cordero rosa estrangulado. Coge un mirlo al vuelo y le parte el pico amarillo. Se asoma al rostro desgarrado como si se tratara de un estanque de aguas limpias. Lanza el ave a través del estadio forestal, se pone en pie desnudo de árboles, frondoso, estampa contra el suelo los pies azulados por la acción de los hongos cromógenos. Su cuerpo es una armadura hecha de corteza que lleva grabadas en su superficie las iniciales de amantes adolescentes tiempo ha fallecidos. Atraviesa el bosque con paso firme, completamente despierto, con hambre en los oídos.

Solo hay algo que pueda alegrarle el día al huraño Berromuerto, y ese algo es alimentar sus oídos.

Se desliza por el terreno a la velocidad exacta del ocaso y llega a su lugar preferido. Esponjado en la penumbra, el pueblo se incorpora hermoso para darle la bienvenida. Se sube a la verja que encierra al ganado. Es invisible y paciente y tiene más o menos el tamaño de una pulga. Se queda quieto.
Escucha.
Aquí llega.

semillero

El sonido de los humanos, ligado a su interés, arrastrándose campo a través, succionado por su imperiosa necesidad.

Propiedad privada,

pañal

10

Qué maravilla.

Champú en los ojos,   caído del cielo

Un delicioso momento del día.

dale a la pausa, no hay noticias de papá, aquí apesta, inclina el vaso

Ahora le envuelve, se asoma a su interior y tira de los
hilos con delicadeza, es el director de orquesta que
extrae el sonido de sus músicos,

material de plantación

tíralo
      a la
            basura

con destreza, sin prisas, con la misma lentitud con que
el tiempo inflige la muerte a un organismo, poco a
poco, escuchando. Oye cómo ese pueblo suyo se voltea
camino de la hora de acostarse,

que te den, Alan

un vataje mucho más elevado, sueños vívidos,
                              la correa del ventilador chirría
leche fresca olvidada

hablando con la vieja Peggy

qué época tan extraña esta,

      hasta
            el último
                  bocado,

cómo tienes las rodillas, es una quemadura de césped artificial no cáncer

papá está lívido, más ginebra que tónica,

el otoño es un cirujano brutal,

**Papá Berromuerto exhala, se relaja,
se repantinga contra los tablones de la cerca,
sonríe y se deja empapar por ella, su sinfonía inglesa,**

grajos parpan, plastifica el horario,

los de 3.º están idos,

Agnetta ha ganado peso,

un letrero en Elm House,

mi fiel amiga la diarrea,

un
par-
tidillo,

ventanas originales, una escapada al pueblo,

los viejos se mueren

pieles de satsuma por la calle como

un camino del tesoro,

mierdecilla,

una luz interesante,

entrega especial y certificado no son lo mismo,

los países pueden torcerse,

nunca había visto a un pavo tan encocado,

la lástima es que el coro coincide con Benders, *

* Jerga para referirse a la teleserie *Eastenders*. Significa «borrachera» o «bujarrón». *(N. del T.)*

unos padres horribles,

bonito cuando se ve como borroso,

último vaso y a la cama,   desagües taponados,

el cochino pelirrojo que se metía con nuestro Aaron

iraní o algo parecido,
entrando   y saliendo   como el viento,

el arroz con leche salado de Sheila Dios mío me he muerto *y estoy en el cielo*

nueve libras *inglesas,*

**se zambulle en su interior, la engulle, se deja
envolver por ella, se la restriega por todo el cuerpo, se
la embute por cada uno de sus agujeros, hace gárgaras,
juega, hace una pausa y araña, lame y sorbe a su son,
desea sentirlo burbujeando en la lengua, este lugar suyo,**

manzana como esa, lo dice el profesor,   *quiche au vomit,*

la cancela gastada donde ella lleva setenta veranos apoyándose,

chillando provocativas como zorras,   es un bujarrón,

estado de los lavabos, la fibra óptica,   *pisemos a fondo,*

inio en la bandeja,

a menos antibióticos vacas más sanas,
                              un gimoteo constante,

primero la *aluminio*

viejo chiflado y siniestro, el estado de esa moto,   una mierda como
un piano, Linda la Lastre,

13

nueve distritos electorales azules en una cadena de sentido común,

tú o yo,

suplicando que alguien le lleve en coche el viernes,

plancho un rato más y un tecito,

un pequeño consejo, Ken, putilla,

tejedores marxistas unidos, *la PlayStation se ha roto,*

Dave tiene montones de dalias

Papá Berromuerto mastica los ruidos del lugar en espera de su sabor favorito, pero aún no ha llegado a él,

fui maestro así que lo sé todo sobre los cabezazos,

hay retoños macho retoños hembra y helechos bebé de treinta cm de alto,

qué pasa, figurín con papada,

arrancando un montón de campánulas para dos días de belleza,

la gorda de Pam se está hinchando a bollitos con mermelada,

le dije que se ha jodido el embrague, cambia de canal,

abono útil, *contesta su mensaje,*

Roy ha sufrido otro ataque, *Yashvi viene a cobrar las noches entre semana,*

aventura suficiente mira a la parienta, por encima de mi cadáver,

vi cómo entraban los cuidadores pero Jean dijo que ya no,

jazmín robusto, *veinte flexiones y una pajita,*

mírame haciendo planes con un mes de antelación,

jarras de agua de lluvia,

las bolsas de reciclaje, tómbola,

se ha pasado tres pueblos, prepago, simplemente inoportuno, saca el tema de la masculinidad tóxica en cada club de lectura, El gaz como una cu

14

y entonces lo oye, claro y verdadero, el encantador
sonido de su preferido.
El niño.

*Tendría cabeza de delfín y alas de
peregrino, sería un animal avisa-tormentas,
controlaría el clima mientras dormimos.*

Papá Berromuerto se envuelve en sus brazos de alerce
enfermo y un hilo de baba de cuco le recorre el
mentón. Sonríe. *¡Cabeza de delfín y alas de peregrino!* Le
invade un anhelo quirúrgico, desea abrir el pueblo en
canal y sacar al niño de allí. Extraerlo. Joven y anciano
a la vez, espejo y llave. *Un animal avisa-tormentas,
controlaría el clima...* Escucha al niño durante un rato, sus
pensamientos mientras se mete en la cama, las palabras
de buenas noches que le dedica a su madre, el flujo
entre su mente despierta y el sueño visionario.
Entonces, Papá Berromuerto abandona su posición y se
aleja riéndose entre dientes, haciendo tintinear sus
diversas pieles, vestido con un abrigo de lona
crepuscular, ebrio de pueblo, rebosante de sensaciones,
estremecido ante la idea de que una cosa lleva a la
siguiente una y otra vez, constantemente, sin que exista
nada parecido a un final.

MAMÁ DE LANNY

Me llegó el sonido de una canción,
cálido en su aliento de criatura.

El cantarín de mi hijo,

que me traía regalos.

Un segundo o dos antes de caer en la cuenta de que no es él.

¿Lanny?

PAPÁ DE LANNY

Me siento en la oficina, en la ciudad, y la idea de que él exista a sesenta minutos de viaje en tren desde donde estoy, de que no deje de dar la tabarra con lo que le sucede a lo largo del día en el pueblo, de que traslade su extraño cerebro arriba y abajo, me parece completamente imposible. Se me hace insólito, cuando estoy en el trabajo, que tengamos un niño y que ese niño sea Lanny. Si mis padres estuvieran aquí seguramente dirían No, Robert, lo has soñado. Los niños no son así. Duérmete otra vez. Ponte a trabajar.

El informe escolar dijo: «Lanny tiene un don natural para la cohesión social. A menudo sabe calmar la tensión de la clase con una broma oportuna o con una canción». Puedo ver, objetivamente, que debe de ser así. Me suena a Lanny. Pero ¿de dónde han salido esos dones? ¿Yo también los poseo? ¿Qué o quién se supone que debe gestionar y controlar a Lanny y sus dones? Ay, joder, nosotros. ¿Quién puede tener hijos y no volverse completamente majara?

«Lanny está especialmente dotado para el lenguaje, y su acróstico sobre *Tarka, la nutria* para el Día Internacional del Libro llegó a ojos del director y mereció el adhesivo del olmo dorado a la excelencia en etapas avanzadas.»

¿Cómo? Pero ¿de qué me estáis hablando? Yo quiero mi adhesivo.

PETE

Por aquella época me gustaba buscar esqueletos de cosas muertas y limpiarlos. Aves, principalmente. Los desmontaba, los cubría con una capa de pan de oro, los volvía a montar de manera equivocada y los colgaba en estructuras de alambre. Pequeñas esculturas móviles de pájaros contrahechos. Hice una docena o así. La galería quería algo que se pudiera exhibir. Que se pudiera vender.

También hacía moldes con diferentes tipos de corteza. Los colocaba en cajas con textos en pedacitos de papel. Algunos dibujos. Algunos grabados medianamente decentes. Series. Cosas discretas.

Ella se presentó una mañana en el estudio y me trajo una rama con dos brazos perfectos. Había visto la talla de un hombre hecha por mí.

Habíamos pasado de charlar de vez en cuando por la calle a que se viniera a tomar el té una o dos veces por semana. A veces con Lanny, a veces ella sola. Apenas llevaban un año o dos viviendo en el pueblo.

Había visto la versión en bruto de un hombre que yo había hecho, un Cristo sin su cruz, y se le había ocurrido la posibilidad de que hiciera otro a partir de aquella rama tirada.

Eres de lo más amable, le dije.
Es un placer, Pete, me dijo.

Ella me gustaba. Tenía conversación. Era cálida, mostraba buen ojo para las cosas. A menudo le enseñaba mi trabajo y ella respondía con frases inteligentes. Me hacía reír, pero también sabía cuándo debía largarse. Parecía saber cuándo yo no tenía el día sociable.

Era actriz, había actuado en teatro, algo de televisión. Me contaba historias sobre todo eso. Sobre la de capullos que había en ese negocio. Nada me parecía terriblemente alejado del mundo del arte de aquella época.

No echaba de menos su trabajo como actriz, pero a veces se aburría, cuando Lanny se iba a la escuela, cuando su marido se iba a la ciudad. Estaba escribiendo un libro, me contó. Una novela de suspense y asesinatos.

Suena horriblemente sangriento, dije.

Es de lo más sangrienta y horrible, dijo, pero es electrizante.

A menudo se sentaba a mi lado mientras yo trabajaba. Sin que yo lo supiera, había comprado una de mis piezas en la galería. Una de las buenas, un bajorrelieve de gran tamaño. Le dije que le habría hecho precio de amigo en caso de haberlo sabido y ella dijo: Exactamente, Pete.

Me gustaba.

Solía ponerse a juguetear con cualquier cosa que hubiera por ahí.

Trozos de alambre. Un lápiz. Unas ramitas.

Haz algo, por favor, le dije una vez.

Oh, no, soy una inútil con las artes visuales, dijo ella.

Y recuerdo haber pensado que era muy extraño y triste que dijera algo así.

Una inútil con las artes visuales.

Alguien debía de haberle dicho algo para que esa idea se le quedara clavada.

Pensé en mi madre. Alguien le dijo una vez, cuando era muy joven, que no sabía entonar. Así que a lo largo de toda su vida jamás cantó ni silbó. No sé cantar, decía.

No fue hasta mucho después de su marcha cuando reconocí lo absurdo de aquella idea. «No sé cantar.»

Así que está sentada a mi mesa, haciendo una montañita con el liquen desmenuzado, mientras charlamos sobre esa monstruosidad que es el nuevo cubo de cristal que están construyendo en Sheepridge Hill.

La observo.

Primero lo ordena. Lo aplana. Lo divide en dos. Usa el pulgar y el índice para formar dos líneas. Acerca y aleja las dos líneas para obtener una hilera de dientes de color gris verdoso. Lo aplasta con la mano para que se transformen en un rectángulo y se sirve de la uña para limpiar sus bordes, y a continuación dibuja un círculo perfecto en el medio de la figura con un dedo humedecido.

Una inútil con las artes visuales pero ahí está, sentada, desplazando una montañita de musgo seco para darle media docena de formas encantadoras, haciendo dibujos con gesto ausente sobre la mesa de mi cocina.

Levanta la mirada y dice que es consciente de que estoy muy ocupado y que soy famoso, pero si no sería una idea demasiado ridícula que pudiera darle clases de arte al pequeño Lanny.

Clases de arte: mis cojones, pensé.

Le contesté que, por mucho que me gustara el crío y disfrutara de las charlas que mantenía con él, no se me ocurría nada peor que dar clases de arte.

Soy un cabronazo triste y solitario que apenas puede sostener el lápiz, le dije.

Y ella se rio, y dijo que lo entendía, y entonces se quedó frita de aquella manera tan agradable que tenía. Receptiva a la luz, la llamaría yo. Era de ese tipo de personas que tienen un pequeño extra de semejanza con el clima si las comparas con la mayoría de la gente, que están hechas con los mismos átomos que la tierra de manera más evidente que el común de la gente a día de hoy. Lo cual explica a Lanny.

Así que se marchó, aquella mañana, y yo me senté y respiré
la atmósfera de su visita y pensé mucho en las mujeres
cuando se van haciendo mayores, y entonces eché de menos
a mi madre, y a mi hermana, y a algunas mujeres a las que he
conocido, y coloqué con cuidado pequeños copos de oro
sobre el cráneo de un petirrojo y me puse a tararear «Old
Sprig of Thyme» para mí mismo.

MAMÁ DE LANNY

Me llegó el sonido de una canción,
cálido en su aliento de criatura,
y él se acurrucó contra mí, se subió a mi regazo,
se envolvió alrededor de mi cuello.

Dije: Lanny entra por la izquierda del escenario, cantando,
huele muy fuerte a pino y a otras cosas agradables.

Pensé: Por favor, no crezcas demasiado para estos abrazos, mi
bebito geotérmico.

PAPÁ DE LANNY

Si tomo el de las 7.21 me pierdo el desayuno con Lanny,
pero evito a Carl Taylor y generalmente consigo asiento. Si
tomo el de las 7.41 veré a Lanny pero Carl Taylor dará
conmigo en el andén y tendré que oírle hablar sobre Susan
Taylor y lo listas que son las chicas Taylor y las materias
que están preparando para el título de la secundaria,
y probablemente tendremos que ir de pie, alguna axila,
alguna bicicleta plegada, el farragoso hilo de noticias de Carl
Taylor mezclado con la música metálica procedente de los
auriculares de alguna persona.

Bajo por la calle que lleva al pueblo, tomo la depresión del cruce bien y rápido para sentir cómo se me bambolea la barriga, subo por Ghost Pilot Lane, cruzo Ashcote, un doble carril que me conduce directamente al pueblo. Asumiendo que no haya tractores ni ciclistas, puedo llegar a la estación en menos de veinte minutos. Mi récord personal son catorce. Si reduzco la velocidad en Ghost Pilot Lane puede que haya algún ciervo en la carretera y que me detenga un minuto a contemplarlo. O puedo hacer sonar la bocina para advertirle de mi llegada y ponerme a 120 o 130, las ventanillas bajas para despertarme con el estallido de aire y para disfrutar del coche. El caso es que más me vale disfrutar del coche, que me costó lo suyo y se ha pasado la mayor parte de su vida aparcado, esperándome.

A veces, cuando conduzco rápido, dispongo de cinco minutos en el aparcamiento de la estación y me siento a hablar con el vehículo. Gracias, le digo. Ha sido un placer hacer negocios con usted. Bien hecho, colega. Bucéfalo, pedazo de belleza, eres el mejor caballo de la historia. En eso consiste tener que viajar cada día para ir al trabajo. En los pequeños placeres que puedas sonsacarle a la rutina si te la tomas como un juego. Los pequeños trucos del hombre de campo a tiempo parcial. Puede destrozarte el alma. Puede ser un tanto detestable. No lo sé.

Tengo un dibujo hecho por Lanny pegado encima del escritorio. Soy yo con una capa, volando por encima del perfil de una ciudad, y dice: «¿Adónde va papá cada día? Nadie lo sabe».

MAMÁ DE LANNY

Pete llamó a la puerta.

Había superado a la vieja Peggy sin el menor interrogatorio.

Felicidades, Pete, pero ya te pillará a la salida. Le preocupa que la gente pueda darle de comer a los milanos. ¿Una taza de té?

Él bajó la mirada hacia sus botas y se estiró la barba.

No me la tomaré. Pero mira. Después de que te fueras la otra noche me quedé pensando. Me quedé pensando que soy un cabronazo triste y solitario, y en qué existe sobre la faz de la tierra que pueda impedir que lo sea de este modo. No se me ocurre qué puedo enseñar y yo mismo odié que me enseñaran. Pero si lo que me estás preguntando es si Lanny puede venir y sentarse en mi cocina, usar mi papel, dibujar conmigo, charlar acerca de lo que hago, entonces por qué no. Es un chaval encantador y no me iría mal un poco de compañía. Hasta es posible que me vaya bien. Así que ¿qué te parece los lunes o los miércoles después de clase?

Ay, eres maravilloso, Pete. ¿Y nos dejarás que te paguemos?

Desde luego que no. Ni por asomo, joder. Haz que el ricachón de tu marido compre uno de mis pseudopájaros dorados cuando salgan el año que viene.

Bueno, eres muy amable. Lanny estará encantado. Los miércoles, por favor.

Los pasos de Pete hicieron crujir el camino de acceso mientras se alejaba. Levantó el dorso de la mano y gritó:

¡El miércoles a las cuatro en punto! ¡Le estaré esperando!

PAPÁ BERROMUERTO

Papá Berromuerto yace bajo la esposa de un
vicario del siglo XIX y juguetea con las raíces de
un tejo entre su pelvis. Le encanta el camposanto.
Escucha...

bien siempre y cuando la madre de Jimmy lo diga,
cuando muera haced conmigo bolas de grasa para los pájaros,
diez nuevos subrayadores con la calderilla,
el carácter de Dylan necesita un regulador de intensidad,
una polla de ese tamaño debería ir con correa,
una cocina abierta,   *estampados florales,*
Tom no ha estado   *la bondad del galgo,*
     bien *en*
       absoluto,
prorrogado, tractores nuevos verjas nuevas,
hinchado y brillante como cerdo engrasado,   *diez de las espátulas*
de plástico del caco puerta a puerta,   *suelo muy calizo,*
no sabe servir una Guinness pero se lo perdonamos
más cosas en la vida que la red interna,   *por sus tetas,*
lo que acabará con Brian Gould es la autocompasión de siempre

Papá Berromuerto se acuerda de cuando
construyeron esa iglesia,

completas y meditación, es un idiota si lo hace en un día festivo,
aún no lo he visto Jan pero agradezco la advertencia,
ratón muerto, biotecnología mis cojones me gano la vida matando cerdos,
intercambio de esposas hierba de las pampas, de ahí el apodo
de la Loca Jean,

el Dr. Horvath se ha ocupado de mis hemorroides,
con el tema de las abejas soy un apocalíptico,
sal de la tierra,
oi va voi aquí llega el horripilante Da Vinci

piojos otra vez, *de Trinidad pero todo el mundo*
asume que es jamaicano,
coche flamante, un ser sin escrúpulos, no hay aparcamiento,
los setos serán el talón de Aquiles de ese tipo,
me acabo de quedar sin Silk Cut,

piedra venida de lejos, sílex de los alrededores,
madera de esos mismos bosques, chicos del lugar, se
trajeron a unos chapuzas y los pusieron a hacer los
bancos, los pusieron a hacer las decoraciones florales, un
tablón de himnos con los cantos de hiedra, una mesa de
altar con... pues sí, ahí está, la cabeza de un Hombre
Verde que sonríe a quienes van a ser bautizados y a
quienes van a contraer matrimonio, a los aburridos y a
los muertos, mientras muerde la belladona de un árbol
de lima,

vómito detrás del vestíbulo, *los llamo*
representantes parroquiales de los legos o chismosos como yo
especie de leyenda que es Margaret, *hablando horas con Peggy,*
en el mercado durante siete meses,
media docena de papeleras para la mierda de perro, todos se conocen entre sí,
un país entero con complejo de ser bajito,
sobre el susto de Tom las noticias no son buenas,
alerta gitana, hemos reunido 45,67 libras,
no es Julie sino Jolie puedes creerlo,
el olor de ese Philadelphus Dios santo,

gracias por eso, mami, la cerveza negra me afloja el estómago,

besuqueándose como troles hambrientos,

no más cinismo gracias caballeros, me olía el brazo a musgo,

en Thackeray House hay alguien que suele dormirse entre llantos,

en su día fue un bosque
volverá a ser un bosque,

capullo pretencioso,

fertilizante rebajado habrá una estampida,

una casa victoriana hermosamente presentada con vistas al
idílico prado silvestre de Stowely,

la mente de un niño,

Se lo ha representado en piedras angulares,
en plantillas decorativas, en tatuajes, en el logo del club
de críquet, ha aparecido en todo tipo de baratijas y
chucherías inglesas, compra de moralejas, mascota y
blasfemia. Ha estado presente en forma de historia en
todos los dormitorios de cada una de las casas de este
lugar. Aparece en ellos como el agua. Animal, vegetal,
mineral. Al construir nuevos hogares perforan su
cinturón y él brota modificado, para asustar y explicar.
En este lugar es tan viejo como el tiempo.

PETE

Comenzamos las clases.

Estamos dentro de casa porque por el valle brincan losas de lluvia de kilómetro y medio de ancho.

Al otro lado de la ventana pasan veloces manchas de mal tiempo pintadas con espátula.

Acercamos dos sillas a la mesa de la cocina.

Acogedor. El fuego encendido. En la radio, la BBC 3.

Dos blocs, dos lápices, un vaso de zumo, una taza de té.

Ah, Lanny, mi amigo, mira estas páginas en blanco.
¿No te sientes como Dios al inicio de las eras?
Podrías pintar cualquier cosa.

Así que ¡VENGA!, le digo. Dibuja un hombre.

¿Qué hombre?

Cualquiera. Una persona. Algo humano. He lanzado una monedita dentro de mi cabeza para decidir entre árbol y hombre, y ha salido hombre. Así que comencemos por ahí.

Sus hombros se mueven hacia delante, el derecho queda ligeramente más elevado cuando abraza el papel y se pone a arañarlo con un tarareo que deviene susurro de palabras entrecortadas por el que gotean fragmentos de melodía. Se concentra. No se da prisa.

Se rasca la cabeza, se incorpora y desliza el dibujo hacia un lado. El ceño fruncido.

Bien, veamos. Sí, diría que eso es un hombre, sí. Buen trabajo. Ahora vamos a hablar un poco de él y veremos qué es qué.

El gesto de concentración ha desaparecido y la cara de Lanny se muestra completamente franca, curiosa y atenta. El color de sus ojos es el del carpe primaveral, un verde muy fresco.

Bien, Lanny. ¿De dónde salen tus brazos? Los brazos de este pobre tipo salen directamente de los costados de su cuerpo, ¿qué te parece?

Nos ponemos de lado y extendemos los brazos, dos aviones sentados ante la mesa de la cocina. Lanny sonríe y baja el mentón hacia el hombro y comienza a hacer un nuevo par de brazos que emergen a la altura correcta, no del centro del pobre cabrón.

Ahora la cabeza, Lanny. ¿Puedo pedirte que te tengas en cuenta a ti mismo y veas si encuentras algo entre tu cabeza y tu pecho?

Sonríe y se señala el cuello, fingiendo que se trata de un descubrimiento.

Nos reímos. Nos sentimos satisfechos. Hacemos chocar nuestras bebidas y brindamos por esa imagen mejorada del hombre.

Mucho rato después de que se haya ido, tras esa primera lección, me siento a pensar.

Intento recrear los sonidos que hace Lanny, su canto *a capella*:

«Limón aah, piña colá, melón arr, femin sí, mascul ra, piña la, coche a gas, bum chaca bum chaca bum chaca, limón aah…».

Supongo que debe de ser alguna melodía televisiva o un tema pop que no conozco, pero quizás sea solo que Lanny ha ido pillando cosas de aquello que escuchaba, empapándose de los sonidos de este mundo y proyectando hilos procedentes de otro.

Espero.

Obedientes a la brisa, las bolas de polvo y pelusa se
amontonan en los rincones de la cocina.

Recuerdo lo gris que me sentía en mis tiempos de ajetreo,
cuando el trabajo comenzó a venderse de repente. Cuando
la gente no dejaba de pedirme cosas. Conocían mi nombre.
Londres. Y me oriento hacia mucho más atrás, hacia días de
claridad como el de hoy. Cuando era un crío.

Recuerdo que, una vez, una anciana me mostró mi propio
dibujo de un hombre y me pidió que tuviera en consideración
dónde, anatómicamente hablando, comenzaban mis brazos.

Esa mujer lleva mucho tiempo muerta.

En Inglaterra, las estaciones saltan de la cama.

MAMÁ DE LANNY

Lanny entra bailando en la habitación, cantando, huele a
campo abierto.

¿Saaabíaaaas, me dice, que al nacer los peces payaso son todos
machos y cuando la reina se muere uno de los machos se
transforma en hembra y se convierte en la nueva reina? Así
que ¿qué vino primero, el macho o la reina?

Yo diría que la reina, bufoncete.

Lo envuelvo en un abrazo.

¿Qué estás haciendo, mamá?

No le contesto y él se aleja rastreando alguna corriente de su
curiosidad, siguiendo sus pequeñas intuiciones o
interrogantes de vuelta al jardín.

No he podido contárselo. No he podido decir: Lanny, estoy escribiendo una escena en la que un hombre acorrala a una mujer durante una fiesta y le susurra al oído que es una «zorrita» mientras presiona con su rodilla contra la entrepierna de ella.

Me estoy inventando cosas terribles para entretener a la gente. Un editor me ha pagado una buena cantidad de dinero para que escriba una novela de abusos y venganza, basada en una muestra de doce páginas que escribí en la que una mujer envenena a un hombre poderoso y arroja su cuerpo al interior de un horno.

Es algo que de repente me resulta desconcertante, en vacaciones, cuando mi peque no va a la escuela y yo podría estar con él en el jardín, escuchando sus datos sobre los peces payaso.

Lo veo colgado boca abajo del ciruelo.

Mi marido tiene dudas acerca de la moralidad de la ficción criminal. Dice que estoy embelleciendo las cosas. Embelleciendo qué, eso aún no lo sabe, porque no ha leído el libro. Solo estoy haciendo de abogado del diablo, dice entonces, como si sus intervenciones hubieran sido tremendamente inspiradoras o constructivas. El abogado del diablo, que pierde la señal al atravesar un túnel tras preguntarme qué hay para acompañar el té. El abogado del diablo, roncando a mi lado mientras leo sentada en la cama.

Como madre, soy lo suficientemente mala. Como autora de ficción criminal, soy lo suficientemente buena. Lanny no tiene nada que ver con los males del espíritu humano sobre los que escribo. Si ve que la infección se acerca, se hará a un lado con elegancia. No se convertirá en una persona malévola o infeliz por culpa de lo que había en los documentos de Word de su madre. Todo eso está dentro de mi cabeza. Lanny entero está dentro de su propia cabeza. ¿Quién me está juzgando? No me atrevo a considerarlo.

¿Acaso mi marido se sienta en el tren preocupado por la posibilidad de que la monotonía devastadora de Collateralised Loan Obligations se esté filtrando hacia el interior de Lanny? Lo dudo. ¿Se siente asqueado y avergonzado por el hecho de que su móvil, que Lanny usa para ver vídeos de ballenas azules, sea el mismo teléfono en el que él mira su porno, con el que se la machaca en el baño mientras yo finjo que sueño historias de asesinatos? No, no es así. Esas cargas son siempre para ella.

PAPÁ DE LANNY

¿Cómo está el pequeño Lenny?, pregunta Charles, mi supervisor.

Lanny.

¿Cómo se encuentra? ¿Sigue estando como una cabra?

Siento la necesidad de golpear a ese hombre, al gilipollas que tengo por jefe, por hablar sobre mi hijo de ese modo. Pero ¿de dónde ha sacado la idea de que Lanny está como una cabra? De mí. ¿Y por qué se cree que puede hablarme de esa manera sobre mi familia? Por mi culpa.

Bajo la mirada hacia Londres desde el piso veintitrés de esta caja de cristal climatizada. Es como si un niño gigante hubiera vandalizado una placa base del tamaño de una ciudad lanzándole algunos ladrillos, rociándola con basura, dándose por vencido mientras la pintarrajeaba. Trenes que entran y salen, gente pequeñita que corre en busca de refugio o de comida o de vegetación. Se toma tan en serio a sí misma… Es absurdo. Me encanta.

El pueblo en el que vivimos es tan pequeño… Menos de cincuenta casas de ladrillo rojo, un pub, una iglesia, las casitas de protección oficial como un asentamiento rebelde, algunas construcciones de mayor tamaño esparcidas por ahí. El espacio entre los edificios, el espacio que hay alrededor de los edificios, esa idea es un disparate, considerada desde aquí. ¿Cómo puede llegar a funcionar, ese grupito de hogares rodeado de árboles y campos?

Mi irritación se desvanece. Lanny estaría encantado de que lo compararan con una cabra, que brinca de una roca a otra y se pelea con su propio reflejo. Una criatura portadora de sueños extraños mientras salta a pueblo abierto.

Está muy bien, gracias, Charles. Y sí, majareta. Majareta del todo. Ha salido a la madre.

PETE

Damos algunas clases fuera de casa, mientras el tiempo sigue siendo bueno.

¿Cuál es tu estación del año favorita, Lanny?

El otoño.

Ah, bueno, la mía también.

Nos vamos de caminata, salimos del pueblo a través del agujero en el seto donde los kilómetros de barbecho rasposo del señor Sampson se encuentran con la parte trasera del campo de juegos de la escuela, y el terreno se aleja curvo.

Nos detenemos junto al Espino con el Pelo de Elvis.

Este, Lanny, es un lugar significativo.

¿Por qué?

Este es el primer punto en el que ya no se te puede ver. El pueblo te está vigilando siempre, pero pasado este punto estarás más allá de su mirada.

A lado y lado, los bosques. Por delante, las colinas. Condados que se besan falsamente los unos a los otros sobre las placas de piedra que se dieron de hostias para formar este apacible paisaje. Hay algunos árboles muy antiguos por los alrededores. Santos.

Avanzamos con paso lento por la caliza de muros empinados atravesada de musgo, las raíces de los árboles son como monstruos marinos que surcan nuestra ruta, y comentamos el paso del tiempo.

Le hablo a Lanny del fantasma de Ben Hart, que corre arriba y abajo por este sendero intentando dar con su amada. El decapitado Ben Hart llamando a su chica. Solo le estoy provocando, quiero que se cague un poquito, pero me contesta con total sinceridad Genial, ojalá nos lo encontremos.

Nos detenemos a dibujar las enmarañadas líneas de los cimientos de un haya, bajo nosotros la piedra y el hueso, por encima el dosel de color siena tostada, que comienza a secarse.

Por aquí se iba a un castro, en su día.

Al chaval se le da bien el carboncillo. Le gusta cómo se emborrona.

Hago sombras, dice.

Regresamos y nos ponemos a experimentar, imprimimos con hojas esqueléticas, reconstruimos con tinta los agujeros que han dejado los insectos y el tiempo, tiramos gotas y bañamos y producimos un nuevo desastre bastante decente.

34

A menudo, mientras trabaja, Lanny dice cosas extrañas y maravillosas, balbuceos, palabras que te desconciertan viniendo de un niño…

Soy un millón de cámaras, incluso mientras duermo hago clic, hago clic, a cada segundo hay algo que crece y que se transforma. Somos pequeños destellos arrogantes dentro del magnífico esquema general.

Estallo en carcajadas.

¿Que tú qué? ¿De dónde has sacado eso?

No estoy seguro, dice.

Inclina la cabeza y alguna cuestión secreta a medio formar se escapa de su boca y desaparece en el espacio que nos separa.

En momentos como este, casi parece que Lanny esté poseído.

PAPÁ BERROMUERTO

Tiene algunas normas, como no confiar nunca en los
gatos, no besar nunca a un tejón, lamer siempre los
pesticidas con sabores nuevos, comer solo aquello que
se rinda al toque y asegurarse siempre, durante el
festival veraniego, de colarse entre la gente disfrazada
de Berromuerto. Cada año entre los vestidos, entre las
posturas, entre los ligamentos y los jugos de sus
adoradores, él mismo debe moverse

un barullo espantoso, pensaron que podrían vender el granero *viejo,*
extraña pareja,   *Rodney es un mentiroso querida,*
el cabrón se vino abajo durante la tormenta, huevo en toda tu cara, Raleigh
                              su perro se llama Sir Walter
Shrita sugirió
        la segunda semana de agosto, una especie de residuo limoso, pijo capullo
me fui al pueblo, han echado a Nick el Pellas,   *un hijo único rarito,*
    la desregulación no funciona en el campo, la población de alondras baja,
somos nosotros contra ellos y siempre ha sido así,

    qué será lo siguiente, anuncios polacos en la revista parroquial,
              observando el cielo como si no soportara mirarnos,
Mark olía a río,   *no nos gustan los aficionados, Malcolm,*

escuchar todo eso es un trabajo
de los que dan sed, hay más conversaciones que nunca,
tiene tanta sed después de ver toda esa adorable
putrefacción y de ponerse al día con el agotador
sinsentido lírico-práctico de sus vidas,

una especie de   mochilero por Asia y cuando volvió era el mismo capullo de siempre,
    aullido como
        un eructo,   tira un muntíaco a la hoguera,
paneles solares mis cojones,   el tío Phil es masón barra fascista,
limonada arriba no una puta clara,   una malla elegante,
no podemos hacer a Stoppard durante dos años seguidos,

36

sin seguro no hay canje, my friend,

puedes confiarle al niño,

tío, estoy cansado de los ritmos Trap,

a ver si nos llueve un poco, una grieta no una cueva, *el Piños,* *Ron*

dije eso mismo en la reunión de Pascua,

resucitemos el happy hardcore, meine Schwester,

gran escándalo por falta de galletas en la guardería,

sueña con conocer a un famoso, sábado de pastillas y polvos,

haciendo lamparitas para Diwali, Ivy es enemiga de las paredes viejas,

una Guinness para Paul   *y una Stella para mí,*

         sidra para Barnsey

Se asoma a la cocina de la casa del chico y lo
observa mientras se bebe la leche y se imagina cómo
el líquido frío se vierte en su barriga, hilillo charco
estanque lago, en las catedrales celulares de sus órganos,
en sus huesos. Papá Berromuerto se emborracha de la
hidratación y la alimentación del niño. «Un glorioso»,
canta mientras regresa balanceándose hacia el
interior del bosque, arrojándose a sí mismo
en arcos de diez metros entre los postes de telégrafo,
vestido como una lechuza con brazos que son
neumáticos de coche, *Un glorioso truco de la especie.*

Robert dijo que debería intentar ofrecerle dinero a Pete otra vez.

Tuvimos una discusión por eso.

Sacó el tema durante una cena con Greg y Sally.

Decidme una cosa, dijo, ¿es o no es raro que el Loco Pete le esté dando clases de arte gratis a Lanny?

No lo llames así, dije, porque me parece horrible y porque no me gusta la crueldad que Robert exhibe cuando bebe, cuando se pone a fanfarronear delante de los amigos.

Yo voto que es totalmente raro, dijo Sally.

Yo voto que no es raro en lo más mínimo, dijo Greg. Se trata de Peter Blythe, fue bastante famoso en su día, así que ahí tenéis una ganga. Y si se llevan bien y él necesita la compañía, adelante.

Que necesite la compañía es exactamente el motivo por el que no está bien. Es poco profesional, dijo Sally.

Exacto, dice Robert mientras sacude sus caras pinzas para la ensalada. ¿Quién necesita esa compañía? ¿Le estamos prestando a nuestro hijo para evitar que se sienta solo? ¿Es una especie de servicio de comidas a domicilio con charla incluida para artistas viejos y tristes?

Oh, que te den, Robert, dije. ¿Está tan lejos de tu reducida visión del mundo imaginar que pueda existir algo bonito sin que haya dinero de por medio?

Miradas.

Silencio embarazoso.

Adelante, Robert, pienso para mí misma, lidia con la rabiosa de tu mujer y el rarito de tu hijo.

Joder, cariño. De acuerdo. Solo pienso que deberías insistir en que fuera algo más formal, eso es todo. En mi reducida visión del mundo, creo que eso sería lo correcto.

Sally, que es idiota, soltó una risita y dijo Has tocado una fibra sensible, Rob, y Robert y yo intercambiamos una fugaz mirada amarga y conspiratoria porque él odia que le llamen Rob.

Así que me fui a llamar a la puerta de Pete.

Adelante, dijo.

No, tengo que matar a alguien importante en el libro. Solo me he pasado a darte esto.

¿Y qué es?

Algo de dinero por las clases de arte de Lanny.

Oh, no, no debes.

Creemos que es lo que tenemos que hacer, dije. Y me sentí orgullosa de haber utilizado el plural, orgullosa de mi insincera solidaridad hacia Robert.

Yo creo que no debéis hacerlo en absoluto, dijo Pete. Como te dije antes, comprad alguno de los pájaros dorados en primavera. No pienso aceptar que se me pague por algo con lo que disfruto tanto. Tu hijo me ha traído alegría. Tiene buen ojo. Me gusta enseñarle cosas.

A él le encanta, dije. Se sienta en la habitación y se pone a dibujar, y a cantar.

Bien, dijo Pete. ¡Soy yo el que debería pagaros!

Subí por la calle del pueblo fingiendo que estaba al teléfono para no tener que detenerme a hablar con Peggy sobre el advenimiento del apocalipsis moral, y me revolví en el espacio imaginario entre el modo en que Robert reaccionaría a un comentario como ese −«¡Soy yo el que debería pagaros!»− y el modo en que yo deseaba escucharlo. Deseaba sentirme afortunada por comentarios así. Deseaba organizar cenas con Pete en vez de con Greg y Sally. Cenas en las que nadie hablara durante un rato, en las que conversáramos sobre los libros que hemos leído, y donde no resultara extraño o excéntrico que alguien se quedara dormido, cenas lentas y amables, sin prisas y tolerantes. La tolerancia es algo que me fascina. En cada reunión de padres pregunto ¿Toleran a Lanny? ¿Les cae bien? ¿Se está adaptando?

Y su maestra dice ¿Lanny? Haces que suene como un inmigrante ilegal. Lanny es maravilloso, está completamente a gusto y cae bien a todos, es como si hubiera estado aquí desde siempre.

PETE

Odio el olor a metal, Pete.

Murmura mientras nos sentamos, sus piernas cuelgan sobre el borde calcáreo, allí, en el bosque de Hatchett. El pueblo es una rejilla cruciforme con los corazones gemelos de la iglesia y el pub en el medio. Cuatrocientas personas protegidas de los campos, enganchadas las unas a las otras en busca de calor. Cajas de ladrillo rojo y las granjas de la periferia, la gran mansión, el almacén de madera, un puñado de desprolijas manchas agrícolas sobre la verde piel a retales de la zona. Si miraras el pueblo desde arriba y este fuera un hombre, el bosque de Hatchett sería su pelo. Estaríamos sentados encima de su cerebro.

El olor a metal me asusta, dice.

De inmediato vuelvo a ser un niño, me huelo la palma de las manos.

El hierro de la sangre, monedas, clavos y alfileres.

Los hombres de la guerra con sus balas y sus sonrisas de bisagra oxidada.

El olor a metal permanece en mis labios y en mis dedos.

Los domingos, mi padre me hacía contarle los peniques. La memoria se mueve como un timón de mugre endurecida y a continuación se viene abajo con un estruendo y un chasquido y el viento se la lleva.

Dios, Lanny, le digo. Yo también odio el olor a metal. Aborrezco el olor a metal en las manos.

¿Por qué te llaman el Loco Pete?

¡Ja! No lo sé, colega. Pero creo que cubrir todos los árboles junto al campo de críquet con yeso de París después de la Gran Tormenta no me hizo ningún favor. En cualquier caso, no me importa. El Loco Pete. Es mejor que Pete el Malo.

O Pete el Triste.

Bueno, sí. Aunque no es justo, dada la cantidad de gente de este pueblo que está mal de la puta cabeza, y disculpa mi lenguaje.

Como Jean Coombe.

¡Exacto! Va disfrazada de Santa Claus cada día del año y lleva un palo de golf en su cesta de mimbre y no he oído a nadie llamándola la Loca Jean.

PAPÁ DE LANNY

Estoy despierto, pensando en los dividendos trimestrales y en el equipo olímpico de ciclismo femenino. Oigo crujir la gravilla, con demasiada fuerza para que sea un zorro, con demasiada poca fuerza para que sea un hombre. Salto de la cama, atravieso la habitación sin hacer ruido y levanto la cortina para espiar.

Pero ¿qué demonios?

Cruzo la habitación rápidamente de puntillas, salgo al rellano, bajo las escaleras, evito el escalón que chirría. No estoy muy seguro del porqué de tanto secretismo. Atravieso la cocina y salgo por la puerta trasera, que está abierta.

Está al final del camino de acceso, gira hacia el césped.

Le sigo a una distancia prudencial.

Se dirige hacia el viejo roble.

Se arrodilla y pega la oreja al árbol. Todo esto queda iluminado por la luz de seguridad y es hermoso, como en un plató de cine.

Lanny se tumba, le habla a la base del árbol.

Me acerco con pasos pesados y toso para no sorprenderlo.

¿Lanny? Lanny, estás caminando dormido.

Se vuelve hacia mí, los ojos verdes brillantes, completamente despierto.

Oh, uau, ¿soy sonámbulo?

¿Qué? Bueno, no lo sé. ¿Qué demonios estás haciendo aquí fuera?

¡Estoy despierto, papá!

Sí, ya me he dado cuenta, Lan. Te preguntaba qué haces aquí fuera. He supuesto que habías caminado dormido. Es medianoche.

He oído a la niña del árbol.

¿Cómo?

Debajo de este árbol vive una niña. Lleva siglos aquí. Sus padres eran crueles con ella, así que se escondió debajo del árbol y nunca más salió.

Vale, flipao. Vamos.

No ofrece ninguna resistencia cuando lo levanto en brazos. Está helado.

Mientras subimos por el camino de acceso haciendo crujir la gravilla le digo Lanny, no deberías salir a caminar en la oscuridad.

¿Alguna vez la has oído?

No. Creo que te lo has imaginado. No hay nadie viviendo en ese árbol.

Lo llevo al piso de arriba y lo meto en la cama, lo tapo con el edredón, añado otra manta, le doy su oso polar de peluche.

¿Papá?

Duérmete.

¿Papá?

¿Qué, Lanny?

¿Qué crees que es más paciente, una idea o una esperanza?

De repente me siento irritado de verdad. Es demasiado mayor para este tipo de mierdas. O demasiado pequeño. Menuda tontería, joder.

Duérmete, Lanny, y no salgas de la cama. Hablaremos de esto por la mañana.

Me quedo tumbado, despierto, preocupado, imagino a mi hijo tirado sobre la hierba fría, murmurándole cosas a un árbol. ¿Qué crees que es más paciente, una idea o una esperanza? Pero ¿qué le pasa?

PETE

Ha sido idea de Lanny, es algo a lo que juega con sus padres en el coche. Tenemos que contar una historia, una línea por vez. Estamos dibujando un cuenco de ciruelas e intento que vaya más lento. Le pido que no se deje llevar por el pánico si lo que consigue mostrar sobre la página no parece guardar relación con lo que ve. Comienza de nuevo. Tómate las cosas con calma. Relaja la muñeca. Le digo que la mejor representación de una ciruela jamás creada podría no tener el menor parecido con ninguna de las ciruelas que el artista vio a lo largo de su vida. Limítate a mirarlas y piensa en su *ciruelidad*, en la esencia de la ciruela como algo físico en tu espacio, en la luz que rebota sobre la ciruela y va hacia tus ojos, y prueba algunas cosas y mira qué parece *ciruelesco*, anima suavemente a la ciruela a que cobre entidad, no se lo exijas.

Me mira levantando una ceja y a continuación mira las ciruelas. Prácticamente compadezco a las pobres ciruelas, ahí dispuestas en el cuenco, sin ninguna defensa frente a nuestro escrutinio conjunto.

Yo empiezo el juego.

Había una vez un hombre llamado Abel Stain.

Y Lanny contesta sin titubear *La fábula de Abel Stain*.

¿Es esa tu línea o solo estás interrumpiendo la mía?

Lo siento, dice. Podemos llamarlo así. Es un buen título.

Llevas razón.

Yo: Esta es *La fábula de Abel Stain*. Había una vez un hombre llamado Abel Stain.

Lanny: Que tenía tres hijas y todas ellas eran muy bonitas.

Yo: Pero malísimas. Dos de ellas eran malísimas, la otra era agradable.

Lanny: La que era agradable se llamaba Barbara.

Me carcajeo.

Lo siento, lo siento, Lanny. Me ha tomado por sorpresa, eso es todo. No esperaba que se llamara Barbara. Espera, voy a por una cerveza.

Voy a la despensa y abro una botella de cerveza negra. Cuando regreso, Lanny tiene el pelo sobre la cara y está chupando el lápiz como si fuera un Gauloise con boquilla, y dice

Holaaa, me llamo Barbara y soy mucho más agradable que las malísssimas de mis hermanas.

De la risa escupo cerveza sobre los bonitos contornos de ciruela que había dibujado.

PAPÁ BERROMUERTO

Entra y sale de las sombras con calcetines de musgo, la
piel enguijarrada, se asoma al salón de actos del pueblo
para mirar los dibujos del concurso anual, en los que
aparece él mismo. Ya no hay Berromuertos al estilo
Jack in the Green, grifos de cerveza de rostro tupido,
estos son PBs más propios de una comedia, criaturas
repugnantes y carentes de gracia con pistolas, con
colmillos, con cuchillos por manos, hay uno que lleva
conejos muertos atados alrededor de la cintura (qué
tiempos aquellos). Pero se basan en miedos importados,
esas bestias, en terrores televisivos, en juegos y cómics,
son indiferentes a la fe genuina. Recuerda con cariño
cuánto más aterrador era él cuando los niños del
pueblo lo dibujaban verde y frondoso, nacido en los
huecos oscuros de las pesadillas de la escuela
dominical, asfixiado por los zarcillos que le crecían en
la boca, amenaza y agonía que progresaban a la vez,
árbol demoníaco, tío y padre, rey del espino y del
lúpulo, cosecha y esperanza, presagio de la hambruna.

Sé bueno y no te olvides de rezar, o Papá Berromuerto con él te va a llevar.

Una de las imágenes le muestra simplemente
como un anciano sonriente con barba. Es una sorpresa.
Papá Berromuerto sonríe y susurra *Ese es mi chico,*
vandalismo puro y duro,
　　pájaros carpintero no autóctonos, unas sotanas más baratas,　*final*
actuó en un film con comosellame de ya sabes dónde y trabaja en el sector
las hermanas Willis no han recibido mi circular sobre la mixomatosis,
　　　　en realidad nunca le di una primera capa,
otra ganancia limpia con los bonos Premium,
segar tapizar vallar lo que se te ocurra,
　　la poco fascinante clase de Paul sobre la vieja mina de carbón,

que te *follen, abuelo, ensayo con la banda borrachuzos apestosos,* una furgoneta
del Ayuntamiento que esté menos vista,
en Cobb Close hay alguien que le grita habitualmente a su mujer,
menores sin acompañamiento,
Glenda y yo retiraremos nuestro apoyo al proyecto de renovar *la cuerda de la campana,*
consultoría agrícola mis cojones,
estamos fumando unos petas con Oscar deberías venirte,
antes del baipás podrías mirar cómo las ranas se van con viento fresco,
la peor *venta de plantas en una década,*

En otro de los dibujos
tiene por manos tocones de los que gotea algún líquido,
y las palabras se enroscan a su alrededor, como en
esos carteles acolchados con oraciones que ya no se hacen
más, para las inútiles historias de Jesús que ya no se
cuentan más,

Toc toc, chas chas, Berromuerto llega con su tabla de cortar,
toc toc, chas chas, hervirá tus huesos en la sopa de Navidad,

sí gana *un buen sueldo pero según el Ofsted la escuela es* excelente,
pip pip que comienzan mis series,
lord presuntuoso emparrado *y su Barbie rubia,*
respuesta,
descendiente de ahuyenta-pájaros, el alambre de púas es la única
las criamos lentamente y las matamos con rapidez,
limpiando *su Saab, berea Localǎ e naşpa te digo que sabe a* mierda,
el crío es un raro, *el canto de la sagrada comunión y aun la Eucaristía,*
línea de bajo *línea* de bajo ya puedes saltar a destajo,

caídas tortazos porrazos sin fin del crío de los Bowen intentando
hacer un kickflip,
los canalones obstruidos por una ardilla podrida,
recomiendo a la robusta Veronica para manchar de color los bordes,
encuentro improvisado del círculo de la acuarela,

vejestorio majareta, no me *importa que paguen sus impuestos,*

garboso ejemplo de topiaria,

Abandona el pueblo a lomos de los olores que brotan
de las cocinas, gira sobre sí mismo y los surfea, se deja
llevar y se enrosca en ellos, desde la lasaña de Jenny
hasta el stroganoff al microondas de Larton, el estofado
para uno de Derek, son tan ricas las salsas, es tanta la
cantidad de azúcar, las cosas nunca se habían
presentado con tamaña variedad, carne muerta no muy
recientemente aderezada con aromas elaborados, se ríe,
los zánganos graciosos y ajetreados del pueblo
atiborrándose y reconstruyendo y reemplazando cosas
sin parar. No son más que bolsas de la compra y bolsas
de la basura. Le molesta tanto el olor del salteado
jalfrezi de Pam Foy que se arranca un pedazo de piel
pesadillesca y lo mete por su ventana. Un sueño
verdaderamente horrible. Que duermas bien, Pam, dice
con una risita mientras atraviesa el campo flotando de
regreso a casa.

MAMÁ DE LANNY

Recojo a Lanny en la escuela y nos vamos a casa y me pongo cómoda para trabajar y al poco rato oigo un golpe procedente de su cuarto, así que me voy para allí y le digo Ah, pensaba que estabas en casa de Pete, ¿hoy no vas?

Está sentado en su cama. Levanta la mirada hacia mí y su rostro se arruga sobre sí mismo como un trozo de papel ardiendo y se pone a llorar.

¿Lanny? Me arrodillo delante de él y pongo las manos en sus rodillas de vello suave y dorado, en sus rodillas de niño, amoratadas y manchadas de hierba.

Lanny, ¿qué pasa?

Se restriega los ojos para secárselos, sus puños pasan como rodillos sobre sus lágrimas.

Nada.

Lanny, ¿qué pasa? Cuéntamelo.

Yo... nada.

Cielo. ¿Qué ha sucedido? Puedes contarme lo que sea.

Él inspira y se estremece y se limpia los manchurrones de moco de la cara.

He roto una cosa de Pete.

Lanny está tan avergonzado que se hace un ovillo. Su gracia de planta de habichuela se ha visto reemplazada por una incomodidad larguirucha y me atraviesa la idea de que simplemente está creciendo, de que está mudando su piel de niño. No me imagino a Lanny como adolescente.

No puedo imaginarme a este niño convirtiéndose en un hombre.

¿Qué has roto?

Su estereocosa victoriana.

¿Su estéreo?

No, la máquina fotográfica mágica en 3D, con la cajita para los ojos, se me cayó la caja y el cristal se rompió y lo devolví a su sitio y no le dije nada.

¿Te refieres a un estereoscopio?

Lo de las dos fotos que se transforman en 3D.

Lanny, cariño. Primero, fue un accidente, y segundo, Pete te tiene mucho afecto y estoy segura de que habría preferido que se lo dijeras. Ser honesto es siempre la mejor opción.

¡Exacto! No se lo dije, me escapé. Como un mentiroso.

Es de muy mala educación.

Ya basta. No hay para tanto. Vamos. Ven conmigo.

Bajamos las escaleras, nos ponemos los zapatos y salimos. Caminamos con pasos largos calle abajo. No hablamos, pero Lanny se pega a mi costado como llevaba años sin hacerlo. Se muestra nervioso y obediente, no es el hijo libre y saltacercas al que estoy acostumbrada.

Llamamos a la puerta.

Pete la abre y tiene los brazos de un blanco brillante. Brazos de yeso.

¡Maestro! Pensé que me habías dejado colgado. ¡Madre del Maestro! ¿A qué debo el placer?

Entramos y Pete se lava los brazos y nos muestra el cráneo blanco como la tiza que ha estado modelando sobre unos huesos de alambre. Hace té y nos sentamos a su mesa.

Pete, a Lanny le gustaría confesarte algo.

Dios mío, eso no suena bien. Has estado robando mis valiosísimas piezas, ¿no es verdad?

Sigue un momento como una nota de violonchelo. Cálido y con sonido a madera y lleno de otras cosas. Nadie dice nada pero estamos atentos.

Lanny se mueve nervioso. Pete me mira y sus ojos azules son puro brillo y confianza. Me hace pensar en una vieja barca de pesca en Cornualles.

Sonríe. Vamos, chaval, el suspense me está matando.

He roto tu estereoscopio.
¿Mi qué?

Me puse a jugar con la parte de los ojos para acercarlos y se me cayó la pieza de arriba entera y el cristal de adentro se ha roto.

LANNY. ¿El estereoscopio?

Pete abre mucho los ojos para fingirse indignado y aprieta los puños.

Dios santo, Lanny, ese estereoscopio, mi precioso estereoscopio, que heredé de mi tía bisabuela, la tienda Oxfam de beneficencia, y que me costó mis buenas cuatro libras con cincuenta. Me importa una mierda que lo hayas roto. ¡Joder, pensaba que había pasado algo malo!

Lanny está rosado como un rábano y pasea la mirada entre Pete y yo y comienza a reírse.

Mm, ¿uf?

¡Uf!, dice Pete, y ríe estrepitosamente, golpea la mesa con el puño y extiende el brazo hacia Lanny para darle un coscorrón.

Uffff, digo. ¿Ves, cielo, qué te había dicho? No hacía falta que te pusieras tan nervioso.
Se acabó la crisis, dice Pete. Ahora arremángate y pongámonos al lío.

PAPÁ BERROMUERTO

Papá Berromuerto, historiador local que lleva setenta y cuatro generaciones ejerciendo de cedazo del humus cultural, le hace una visita guiada por el pueblo a un colorido tapón de Fanta naranja.

Ánimo, colega, que nos queda mucho por ver.

Él hace las voces

(este lugar tuvo su propio acento hasta hace bastante poco, «posclaro, mijo», aún lo puedes oír en un puñado de las lenguas del pueblo).

Le habla al fascinado tapón de plástico sobre tiempos pasados. Resucita cuentos y le toma el pelo con historias sobre la memoria molecular del lugar.

Aquí, entre las zarzas, todo era avellanos, algún acebo, hasta que los trocearon las hachas danesas, Pip perdió un dedo, bajo nuestros pies estaba la vieja carretera del pueblo, antes de que celebráramos la fiesta de la peste negra, este montículo era la pared trasera de una vivienda de la que ni yo mismo me acuerdo y aquí tienes una notable pila hecha con piedra que no es de la zona, todo esto era campo abierto, aquí Matilda cabalgó a Wilelmus y le quebró la pistolita, lo han separado con setos en pedazos de medio acre, pequeños estadios para feos arados, apareció el espino blanco, otra vez mitad y mitad, aquí había un estanque, aquí un soldado romano fue violado por su *primus pilus*, aquí está el hecho de que nos encontramos a once kilómetros del molino que nos da nombre, esto eran hayas a mi izquierda – hayas a mi derecha – ataúd de haya cuando el polvo muerda – hayas para mi señora la estrecha, ah, sí, qué tiempos aquellos, sí, esas hermosas bolsitas negras que decoran el seto contienen en realidad mierda de perro cortesía de Brian y Fay y sus beagles, pagaron el permiso, pagaron el impuesto...

Qué lugar más bonito, le interrumpe el tapón de Fanta...
¿BONITO?, grita Berromuerto, que detiene la visita
para adoptar la forma de un destacado poeta inglés con
un mapa impermeable y una chaqueta transpirable de
color turquesa: ¿Qué es bonito, mi semisintético amigo?
¿La enfermedad, la putrefacción y la explotación? Este tapiz
de pequeños abusos, las peleas y la basura tirada, los lagos
enteros de sustancias químicas sin depurar que se vierten en
mi lecho acuífero, la codicia y el deterioro, los sermones las
lecciones los llantos las muertes y el tener que sacar a pasear
a los putos perros, la procreación y la necesidad y el trabajo
y...?
El tapón de Fanta silba suavemente una balada
puritana. Ha dejado de prestar atención al pesado de
Berromuerto, a su desmesurada audioguía.
Una vez Roger de St. John pasó cabalgando por aquí de
camino a visitar un seto viviente y se le oyó decir «qué
agradable paseo hacia el valle», es un buen lugar para la caza
furtiva, el serbal encantado se desplaza casi un metro al año,
la frontera sajona, un búnker de ensilaje hecho de cemento,
demasiados niños para un solo profesor, cada año hay una
mayor exigencia de privacidad, banda ancha de alta
velocidad, remedios para las pichas flácidas y la depresión,
límites inestables, verduras importadas, nostalgia de
expansión,
Papá Berromuerto se mece con la brisa y todos los
surcos del recuerdo, largos como siglos, lo llevan a
inclinarse hacia el niño; Henry «el Fortudo» Beresford
nació en 1426 y cortó tres mil robles a lo largo de su vida,
y el niño entiende el esfuerzo y el trabajo que le supuso.
Giles «el Astuto» Morgan, nacido en 1956, proveedor de
abundantes cantidades de luz natural para cocinas y de
áticos renovados con un impacto mínimo, morirá en su
cama con los pulmones podridos, y el niño lo ve como una
secuencia, con imparcialidad. Jenny «Moquitos» Savage,
nacida en 1694, no fue una bruja, no fue tal cosa, solo fue

una cocinera curiosa, y el niño lo siente también, entiende sin saber si llevan siglos muertos o viven en la casa de al lado. El niño comprende. Construye un campamento mágico en el bosque como un regalo para todos ellos. ¡Deberían rendirle culto! Está en sintonía con lo permanente, puede notar el marco extensible de una comunidad. ¿La ves? ¿Su intuición? Lanny Greentree, tus costillas milagrosas me recuerdan a mí. Son como yo. ¿Lo ves? **El tapón de Fanta se ha ido. Berromuerto está solo. Es minúsculo, es el latido de un petirrojo, ni siquiera eso, es el aire vacío que un petirrojo ocupó un rato antes, la memoria atómica de su latido, más pequeña que la luz.**

El niño me conoce.
Me conoce de verdad.

PETE

Estamos en el bosque. Si le das a elegir, Lanny siempre escoge el bosque.

Le he hablado de las extrañas hermanas Willis, que criaban conejos diabólicos en sus invernaderos para que nos espiaran.

Me la ha devuelto con una historia sobre bosques que saben si una persona es buena o mala. Si uno es un ser humano decente, lo mantienen con vida, lo conducen hasta el agua y la comida. A una persona mala la matan en el día, todas las fuerzas del bosque se unen contra el impuro impostor.

Se podría afirmar lo mismo de la gran ciudad, le digo. Garabateo en mi libreta con el punta fina nuevo, trazo las sombras, los pedazos y fragmentos, disfruto estando envuelto en mi abrigo, dibujo los pequeños ombligos nudosos

de las hayas, podrían ser viejas colinas vistas desde arriba,
podrían ser verrugas, intento que Lanny se aficione a utilizar el
bolígrafo, que no pueda borrar, es un fanático de la goma de
borrar, intento enseñarle que puede continuar construyendo,
usar la oscuridad, pelearse por recuperar algo si ha tomado el
camino equivocado, quiero que disfrute dejando marcas,
quiero que relaje la muñeca un poco. Un momento, ¿dónde
está?

¿Lanny?

Estoy solo.

Su bloc de dibujo yace abierto a mi lado. El aire está cargado,
en tensión. Hay en él alguna forma de culpa. Como cuando
te encuentras con un ciervo en el bosque y el ciervo
desaparece y tú te quedas ahí haciendo un montón de ruidos
humanos y hay vergüenza en ello.

Dios mío, lo he perdido.

¿Dónde está?

¿Lanny?

Entonces, muy por encima de mí,

¡Aquí arriba hay abejas!

¡Aquí arriba hay abejas!

¡Pete, aquí arriba hay abejas!

Está a unos quince metros de altura, se ha trepado a la copa
de un castaño enorme, se lo ve en escorzo como si fuera
un ángel pintado en trampantojo sobre el aparejo de la
madera.

Por encima de él veo a un gavilán pegado al azul de ultramar.

¡Quédate ahí y cógete fuerte, chaladín, que quiero dibujarte!

Aquí entra Lanny chascando la lengua y murmurando como el peculiar aparato transmisor que es. Minimizo el documento para que no pueda leerlo por encima de mi hombro, es una escena en la que mi protagonista ha empujado a un político corrupto delante del tren y a continuación –horas más tarde– se ha encontrado un pedacito de su cráneo pegado a su bolso del Victoria & Albert Museum.

Hola, cielo, pensé que estarías jugando al fútbol con Archie y Toby.

No. Me aburrí. ¿Puedo contarte un secreto?

Me encantaría, sí, por favor.

He estado a punto de contárselo a Pete pero quiero que sea una sorpresa, y no quiero contárselo a papá porque podría enojarse.

De acuerdo, ¿y qué te hace estar tan seguro de que yo no me enojaré?

Tú nunca te enojas mucho.

Podría empezar ahora. Vamos, ¿de qué se trata?

Estoy construyendo un emparrado.

¿Un qué?

Como hacen los pergoleros. Estoy construyendo un campamento con lo mejor que he encontrado, es como un museo pequeñito de cosas mágicas.

Ah, sí, ya sé a lo que te refieres. ¿En el jardín? ¿Ya has comenzado?

No, en un lugar secreto. Llevo siglos trabajando en ello.

¿Te está ayudando Archie?

No. Ni en broma.

Y el pergolero construye el emparrado para su chica, ¿no?
Para impresionarla. ¿Puedo preguntar quién es la afortunada
pergolanera?

Argh, NO, es para cualquiera. Es para todo el pueblo y para
quien lo encuentre. Es para hacer que se enamoren de todo.
Es el proyecto más importante que he hecho hasta ahora.

¿Es más importante que tu Libro de Hechizos?

En realidad es lo mismo, solo que al aire libre. Y he robado
algo de cuerda, leña y láminas de plástico del garaje. Lo
sieeeentooooo...

Se escabulle a saber dónde, cantando, y yo abro mi horrible
libro y tecleo y tecleo y tecleo y tecleo y me doy cuenta con
una extraña mezcla de perplejidad y alegría de que Lanny es
mi musa.

PAPÁ DE LANNY

Lanny se despertó llorando por culpa de una historia de
fantasmas que Pete le había contado sobre los delincuentes
que habitan en el bosque.

Qué demonios le está metiendo ese hombre en la cabeza, le
pregunté a ella.

Sí, prefiero mucho más tu idea de plantarlo delante de la tele
para ponerte a mirar los emails.

¿Cómo?

Nada, duérmete.

Así son las cosas desde hace un tiempo: Pete es mágico;
papá, prosaico.

La verdad es que tienen razón.

Me fui hasta allí el sábado para traer a Lanny a casa a la hora de comer y nos pusimos a charlar, el viejo Pete y yo. Estaba pintando largos de tablero DM, así que me ofrecí a ayudarle mientras Lanny dibujaba un inmenso minotauro sobre una sábana pegada al suelo con cinta adhesiva, y comenzamos a conversar sobre esto y sobre lo otro, y él me enseñó a obtener un buen acabado liso en los tablones, y estuvo tarareando, y nos encargamos por turnos de limpiar con un trapo las gotas de los laterales de los tablones, y pasó una hora y ella vino a buscarnos para preguntar por qué no habíamos ido a comer, y Pete sacó una barra de pan y un trozo de cheddar, y comimos, y Lanny dio vida a su bestia gigantesca con algunos empujoncitos ocasionales de Pete, y entonces nos marchamos, y me pasé diez minutos hablando con Peggy sobre la posibilidad de que multen al tipo que ha estado tirando sofás en Harley Lane sin permiso, y solo después de llegar a casa y de abrir una botella de cerveza me di cuenta de que aquellas habían sido las horas más felices de mi vida en bastante tiempo, y de que no había pensado en el trabajo, y de que no había mirado el móvil, y de que había disfrutado pintando, y entonces en algún momento de la tarde ella y yo nos escapamos al piso de arriba para follar con calma y como es debido, un retozo risueño y sin estrés, y la vida en el pueblo me pareció buena.

MAMÁ DE LANNY

Cuando nos mudamos aquí pasé un tiempo deprimida. Después de que Lanny naciera estuve enferma y aquellas sensaciones regresaron a mí. Estaba vacía, encogida, atormentada. Tenía unos sueños horripilantes. Me sentía observada todo el tiempo, juzgada, e incluso cuando salía a pasear por los campos y por el bosque notaba que me escudriñaban. Y entonces maldije la ingenuidad del londinense que se muda al campo con la esperanza de encontrar allí o en sí mismo una paz prefabricada.

Lo primero que descubrí es que el pueblo era un lugar ruidoso. Los pájaros hacían ruido, el patio de la escuela hacía ruido, la maquinaria agrícola hacía ruido, las llamadas constantes a la puerta, los golpes y el martilleo a todas horas. Durante los primeros meses solía ir a sentarme a un banco que estaba delante del prado, con miedo, y esperaba a que Lanny saliera de la escuela para que me enseñara a vivir. Y una o dos veces nos llamaron en broma. Bueno, alguien me llamaba. Mientras Robert estaba en el trabajo, siempre en un momento en el que yo estaba sola en casa, el teléfono sonaba y yo atendía y allí había alguien que se mantenía en silencio. No jadeaban ni me insultaban, pero sin duda había alguien allí. A veces se oía un crujido, un movimiento, la sensación de que había alguien que no decía nada, pero yo tenía la seguridad de que se trataba de alguien que sabía que estaba sola en casa. No se lo conté a Robert porque él también estaba sufriendo un montón de sustos nocturnos, se ponía a comprobar las puertas y pensaba que la gente le observaba. Se estaba amoldando. Se me llegó a ocurrir que quizás fuera él, que me llamaba desde el trabajo, que acosaba a su propia esposa desde los vestíbulos enmoquetados de la ciudad. En cualquier caso, dejó de pasar. Quizás no supe interpretar el papel del ama de casa asustada con el aplomo suficiente.

Una mañana oí un gritito. Un ruido dolorido. Un chirrido animal. No supe identificar de dónde venía. No sabía qué hacer. Pensé que necesitaba un número de teléfono de consejos vitales para el ámbito rural al que poder llamar: Hola, hay un gritito, algún animalito está gimoteando, y yo soy una actriz en paro deprimida y mi marido es un urbanita que no sabría diferenciar entre una vaca y un jabalí. Era un erizo que se había quedado atrapado en el desagüe. No entendí cómo había podido ir a parar allí. Estaba angustiado.

Se estaba muriendo. No se me ocurría la manera de quitar la tapa del desagüe. No había manera de sacarlo. Pensé que podría pegarle un tiro, para que dejara de sufrir, pero por supuesto no tenía ningún arma. Me planteé llamar al RSPCA pero pensé que se reirían de mí, por un erizo atrapado, cuando tenían perros robados y águilas heridas, cuando en la zona los zorros eran objeto de caza a nivel industrial por parte de los terratenientes maníacos y banales que eran mis vecinos de clase alta cuando se vestían con pantalones de montar. Pensé que quizás debería poner algo venenoso en el desagüe, esperar a que se muriera, se descompusiera, desapareciera, pero ¿qué es venenoso para un erizo? ¿Y cómo iba a convencer al erizo quejumbroso para que se lo comiera? Me senté en el baño y me eché a llorar. Cuando salí, los gritos se habían detenido.

Una especie de piloto automático letal se apoderó de mí. Me puse los guantes de goma y me hice con un cuchillo de trinchar. Salí, me arrodillé sobre el desagüe y acuchillé al erizo varias veces en el cuerpo y la cabeza mientras intentaba no mirar, haciendo un esfuerzo por no respirar muy profundamente. No me detuve. Clavé y corté entre los huecos de la tapa del desagüe hasta que el erizo se convirtió en un revoltijo pulposo de sangre y vértebras, de huesecillos y de trocitos brillantes de colores rosa y blanco. No me detuve, clavé y troceé al erizo hasta que me pareció que sería posible hacer que se fuera echando agua. Tiré el cuchillo y los guantes a la basura, puse la tetera a hervir y le volqué el agua por encima. Me acordé de cuando pasaba delante del matadero del pueblo en el que crecí, cuando el agua rosada por la sangre corría por la calle jaspeada en ocasiones por una perturbadora mancha escarlata. Rescaté el cuchillo de la basura y machaqué al erizo un poco más, y probé con otra tetera llena de agua. Me costó dos teteras y diez minutos más de acuchillar el desagüe para borrar cualquier rastro del animal. Desapareció.

Bueno, ¿cómo te sientes?, me pregunté a mí misma.

Me sentía bien.

Me sentía capaz, competente, lúcida. Eché lejía en el fregadero, limpié el cuchillo y lo devolví al cajón. Tú y yo ahora compartimos un pequeño secreto, le dije al cubierto.

PAPÁ BERROMUERTO

Estaba de cuclillas en la fosa séptica, mirándolo, y lo encontró muy gratificante. Veía en él un aspecto de sí mismo, de su participación en las cosas. Observó cómo la madre del niño trituraba a un erizo, transformaba aquel animal aterrorizado en una sopa aguada de sangre y púas, y le encantó, igual que cuando la señora Larton había pisoteado un ratón envenenado para rematarlo, igual que cuando John y Oliver disparaban a las grajillas del vertedero, igual que cuando Jean dejaba que las avispas se ahogaran en su trampa de mermelada. Una jornada tan buena como cualquier otra en la guerra de los humanos contra todo. Le encantaban los sacrificios por la fiebre aftosa y se pasaba esos meses entrando y saliendo sigilosamente de las piras de ganado; aquello no era nada nuevo para Berromuerto, testigo veterano de la tuberculosis y de las gripes del ganado, de la maravillosa peste bovina, de la dermatofilosis y de la sarna ovina con sus distintos ciclos, de la mastitis y la viruela, había visto a los animales morir de mil maneras diferentes,

un toque de huso,
púa séptica, puntada suelta, la acronecrosis fue derrotada en los 90,
eructos de Red Bull,
te ruego que no firmes fuera de la casilla o tendré que comenzar de nuevo,
esos libros en los que eliges tu propio final,
escombros afilados,   una en The Bell antes del Quiz Bang,
sacrificarlos no es la respuesta, habla en inglés, capullo,
los mismos diez fantasmas, envenenados lentamente por el tejo tóxico,
es un matrimonio construido a base de mentiras, los taxis de papá a tu servicio,
nada para identificar a un tacaño o a un idiota como un BMW amarillo,
agua contaminada, frío de muerte en el garaje, es un gusto verte, ca

cachorros de Rottweiler,   *50 peniques uno o la tira por 2 libras,*

          sí, te estoy amenazando, hijo,

Le encanta cuando un cordero se queda atascado
al nacer, cuando hombre y borrega y cordero quedan
suspendidos, lidiando con la broma terrible de la carne
y con los vínculos elásticos que se despliegan entre la
vida y la muerte,

todos los animales salvajes temen el olor a ser humano,
Nadie desea una elección parcial, llegó a casa apestando a tabaco, pasos
         misteriosos,
dios sabrá lo que sucede, Claro de luna y un cigarro, a Jean Coombe
         le hicieron daño de pequeña,
el dispensario a tope, a la que te descuides te roba los zapatos,
  nos quitan el trabajo, primero wicketkeeper y luego abogado,
me he partido el culo peludo, su sopa de zanahoria y cilantro fue la estrella
         de la comida de Cuaresma,

hasta los tobillos en huesos podridos de animales, ya nadie dice esa palabra,
papá, que sepa que es peligroso,
si pudiera retirar la piel y dejarme ver la parte irritada,
  nueve cervezas tres chupitos, su ya-sabes-qué olía a contenedor de basura
se atragantó con bayas de espino, Poda implacable, debería estar   acostado

En estos pagos, Papá Berromuerto ha visto ejecutar a
monjes, ahogar a brujas, matanzas industriales de
animales, a hombres golpeándose bestialmente entre sí,
el abuso y la violación de los cuerpos, a gente que les
hacía daño a las personas más cercanas a ellas, que se
hacían daño a sí mismos, el complot y la duda o el
pánico y la rabia, y lo mismo puede decirse de la tierra.
Ha visto cómo se separaba sola, cómo su capa superior
se destripaba, cómo la desnudaban y la reexpoliaban,
cómo la cortaban en trozos más pequeños sirviéndose
de alambre, de vallas y de la ley. Ha visto cómo la

envenenaban con productos químicos. Ha visto cómo sobrevivía a sus cirujanos, a sus adoradores y a sus agresores. Se mantiene firme y sobrevive al pueblo una vez y otra, y eso a él le encanta. No se le daría bien vivir en el desierto.

PETE

Ella me preguntó si podía hacerle un favor. Si podía recogerle después de clase en la casa de su colega Alfie, en Chalkpit Lane. Robert se había ido de viaje de negocios, estaba triplicando fortunas invisibles o lo que fuera en que consistiera su trabajo.

La madre de Alfie, Charlotte, pertenece a esa clase de mujeres preocupadas por la salud y la seguridad, y me tiene por pestilente y peligroso. Seguramente me ha buscado por Google y sabe que me hice famoso por llenar una galería con pollas de madera pintadas. Es probable que su seguro de vida sea más caro debido a la peligrosa cercanía de un centro de creatividad a su pulcra casa no adosada con calefacción por suelo radiante y paredes impolutas.

No quiero ofenderte, Peter, me dijo sin invitarme a pasar, pero creo que debería consultarlo antes con la madre de Lanny.

Está en Londres reunida con su editor, le dije. Me ha dado instrucciones para que le dé de comer y lo deje en casa a la hora de irse a dormir, cuando su padre ya haya regresado.

Estoy segura de que así es, Peter, pero consultemos con ella, ¿te parece?

Sí, hagámoslo, dije.

No voy a mentir, desarrollé una potente antipatía hacia Charlotte en el rato que le llevó telefonear a la madre de Lanny y traer a Lanny hasta la puerta, «abrigo/zapatos/ mochila/nos vemos, Alfie/nos vemos, Lanny», no a causa de sus medidas de seguridad sino por la reproducción enmarcada de un Renoir que colgaba en su vestíbulo.

Normalmente encuentro la manera de comprender las cosas más terribles: el culto a Satán, el café descafeinado, la cirugía plástica... pero ¿el retrato que Renoir hizo de Madame de Bonnières? Ni por asomo. Eso no se puede entender ni perdonar. ¿Y con un marco de plástico dorado y con un foco iluminándolo desde arriba? No quiero ofenderte, Charlotte, pero no hay sala en el infierno lo suficientemente calurosa para una mujer con tu gusto.

Más tarde estamos ventilándonos unas patatas al horno con queso y alubias, conversando sobre árboles. Estamos de acuerdo, Lanny y yo, respecto al haya. Un tótem inglés.

Tengo un libro de árboles, me dice, y busqué el haya roja, *Fagus sylvatica*, y decía «plantada en exceso».

Creo que sé a qué libro te refieres. Es ese Collins de tono altanero para guardar en la guantera. Sí, yo también lo tengo. Ignóralo. Es pomposo de cojones.

Pomposo de cojones.

Eso más vale que te lo guardes para ti, chico.

¿Pete?

Sí, señor.

¿Tú crees en Papá Berromuerto?

¿Eh?

¿Crees que es real?

Bueno, no. Bueno, sí en el sentido en que es real si la gente cree en él. Así que sí. Igual que las sirenas o Jack Piedemuelle o los Niños Verdes de Woolpit son reales si la gente ha pensado en ellos y ha contado historias sobre ellos. Papá Berromuerto forma parte de este pueblo y ha sido así desde hace siglos, sea real o no. Deberías preguntárselo a la vieja Peg, ella es la experta.

Sí pero Hugo, el hermano de Wilf, dice que lo vio saltando la verja de su jardín. Un hombre hecho completamente de hiedra.

Yo eso no me lo creería a pies juntillas, Lanny.

Él hace balancear las piernas y recita:

«Sé bueno y no te olvides de rezar, o Papá Berromuerto con él te va a llevar».Vive en el bosque. Yo creo en él. Lo he visto.

Cambio de tema.

Te voy a contar una cosa interesante que quizás ya sepas por tus lecturas. La parte del árbol que absorbe las sustancias nutritivas, su parte viva más fundamental, en realidad está justo debajo de la superficie. Así que una herida superficial, un pequeño golpe con un hacha, una flecha o una sierra pueden producirle al árbol, a sus operaciones vitales, un montón de daño. Y crecerá alrededor de ese daño.

Sé lo que vas a decir, contesta Lanny.

Lo sabes, ¿no es así?

Se pone en pie y se estira hacia el techo, las costillas y la barriga, desplegando los brazos como un guisante de olor en dirección al sol.

Que con los hombres pasa exactamente lo mismo.

MAMÁ DE LANNY

Me despiertan unos sollozos fuera de la habitación. Robert está estirado sobre la cama como un jugador de tenis muerto, babeando. Salgo y me encuentro a Lanny sentado con las piernas cruzadas en lo alto de las escaleras y está tan alterado que apenas puede respirar.

Le abrazo y lo tranquilizo y todo él son nudos de calidez. El nudo cálido del codo, el de la rodilla, los talones de sus piececitos son como guijarros calentados por su propio sol interno.

Al final me acaba contando entre susurros y bocanadas de aire que es probable que el niño del folleto de la organización caritativa del agua ya esté muerto.

He malgastado tanta agua con mis baños, dejándola correr para que se enfriara antes de beberla, regando el jardín.

Pero, cariño, hemos hablado de esto muchas veces, tú solo no puedes arreglar el modo en que el mundo está roto. No puedes llevar agua desde nuestro grifo hasta ese niño de África.

Me mira como si acabara de decir la frase más grotesca jamás enunciada. Se baja de mi regazo. El desprecio le oscurece la cara.

Hasta mañana, mamá.

Por la mañana no está en su cama, y no hay señal de que haya desayunado temprano para irse a una de sus excursiones al bosque.

¿Lanny?

¿Lanny?

Desde mi despacho llega un sonido como de pelea. Lo pillo intentando cerrar rápidamente mi ordenador. No ha habido niño con un aspecto más sospechoso en la historia del mundo.

Se vuelve hacia mí y respira hondo. Esto va a ser interesante, pienso, porque Lanny no dice mentiras.

Estaba leyendo tu libro.

Oh, cariño, eso no es nada adecuado para ti. Te has portado muy mal. Eres muy pequeño para leerlo, demasiado pequeño. Es un libro de crímenes para adultos.

Ya lo sé. Me salté la primera parte y luego me salté... hummm...

Es violento. Es muy violento.

Creo que soy demasiado pequeño para entenderlo.

Eso creo yo.

¿Podré leerlo cuando sea un adolescente?

A los dieciocho, creo.

Lo siento, mamá.

No pasa nada. Lamento lo que te dije por la noche, sobre el niño del folleto del agua.

No pasa nada. Sé lo que querías decir.

Me acerco a él, me arrodillo y lo abrazo, y por encima de su hombro leo los párrafos terribles de mi infame novela. Me siento fatal por el hecho de que la haya encontrado. No es para él.

¿Mami?

¿Sí, cariño?

Como los padres de papá están muertos, ¿crees que por eso nos quiere más a nosotros? ¿Crees que nos da el amor de sobra que en condiciones normales les habría dado a su mamá y a su papá? ¿Siente un amor extra por nosotros?

No, pienso.

Sí, digo. Es exactamente así.

PAPÁ DE LANNY

Nos hemos puesto de acuerdo en un plan. Pete se llevará a Lanny a Londres para ver la exposición que han organizado en Cork Street, comerán allí, se meterán en la National Gallery y volverán para la hora de la merienda.

Por supuesto que me parece bien, y ella no deja de regañarme por repetir con regularidad artificial lo bien que me parece. Pero es que es así. Me parece bien. Confío en Pete y sé que Lanny se lo pasará pipa, y su maestra ya nos ha comentado la revolución que ha tenido lugar en su trabajo, la transformación en su modo de expresarse. Así que todo está bien. Me preguntaron si les podía llevar a la estación, pero los horarios no coincidían. Eso también me parece bien. La idea de que Pete se suba a mi coche de algún modo me avergüenza. Mis asientos de cuero...

Ignoro a quién debo satisfacer. Debo satisfacer al pueblo pero no puedo porque el pueblo es un lugar que defino por su proximidad respecto a Londres y por tanto soy parte del problema, causa y efecto, el único derecho que tengo a estar aquí es el que ha negociado para mí un prestamista hipotecario de Canary Wharf, así que me ciño a las pequeñas victorias, a echar pequeñas raíces y a generar brotes de pertenencia, creyéndome que el derecho a estar aquí me lo da Lanny, el excéntrico querido por todos, que tengo derecho a estar aquí por ofrecerme a podarle la glicinia a la señora Larton, porque Pete me dé una cerveza, porque el constructor de cagaderos de ladrillo me diga «gracias, colega» cuando le aguanto abierta la puerta del pub. Hablo con Peggy al menos dos veces por semana y a Peggy parece que le caigo bien, ¿no es eso una aceptación oficial?

PETE

Vino ella a traerlo, lo cual era poco habitual porque desde hacía un tiempo él se presentaba cuando le apetecía, iba y venía. Lo mandó al jardín y se sentó frente a mí. Estaba seria. Me preguntó si podía dejar de contarle a Lanny cosas de miedo, historias de fantasmas y tal. Dijo: Lo pide Robert, bueno, lo pedimos los dos, bueno, Robert lo pide. Ya sabes, es muy pequeño.

Le dije lamento tener que informarte de esto, pero es Lanny quien me cuenta a mí cosas de miedo.

Ya lo sé, dijo. Pero en la escuela nos dicen que ha estado escribiendo relatos muy extraños, cosas oscuras, y comportándose de manera un poco rara, y una niña de cinco años se queja de que le ha lanzado un hechizo.

¡Ja!

No es gracioso, Pete.

Lo sé, lo siento. Pero vamos, Lanny es bueno. Es diferente, y jodidamente maravilloso. Si una arpía pija cree que es un mago, pues que se lo crea. Que le haga una mala reseña en compañerosdeclase punto com. Pero en serio, maldecir por cada examen y norma y criterio de normalidad que Lanny vaya a contradecir durante su larga y gloriosa vida... ¿No?

Ella se rio y puso su bonita cara entre las manos.

Bueno, muchas gracias por tu ayuda, Loco Pete, me alegro de que hayamos tenido esta charla.

Se puso en pie, me dio unos golpecitos en el hombro y se despidió.

Así que aquella tarde me esforcé por evitar las historias de fantasmas y me concentré en enseñar.

Se le dio muy bien pintar con acuarelas. Pero que muy bien. A mí no me interesan demasiado, pero Lanny tenía buenas sensaciones. Anticipaba la absorción y la imprevisibilidad del pigmento de una manera que me impresionó, supo sin que le diera instrucciones cómo usar el pincel para quitar cosas además de añadirlas. Puedes lamerlo, le dije, si estás apurado, puedes limpiarlo con la lengua cuando tengas que deshacer algo rápidamente, no tiene mal sabor. Pero no con ese blanco de plomo, ese blanco es veneno.

Miró el tubito.

¿Cuánto blanco tendrías que comer para morirte?

Eso no te lo puedo responder, Lanny. La hostia. Hay maneras más rápidas de matar a una persona. Limítate a no chupar el pincel cuando lleve algo de color blanco y así no acabaremos en la cárcel. Buen chico.

Salimos a pintar el árbol alcanzado por un rayo en el otro extremo de Dogrose Common. Él deambulaba detrás de mí, en su mochila tintineaban la cantimplora, los prismáticos, la barrita del aperitivo, el tetrabrik de Ribena. Charlamos sobre cromos de fútbol y sobre los pequeños guerreros de plástico que había intercambiado con su colega y el típico flujo lanniesco de conversación fue fluyendo, cuchicheos filosóficos y trozos de canción mezclados con la cháchara infantil habitual y de repente me llegó un olor a canuto, verde pegajoso y rico. Un aroma adorable. Al pasar junto a la parada de autobús vimos al chico de los Henderson y a Oscar como-se-llame, de Yew Tree Cottage, que se estaban pasando un porro del tamaño de un cirio, una cosa mal hecha, blanda, atiborrada, y palabra de honor que olía bien. Asentimos al pasar y levanté una mano a modo de saludo.

«BICHO RARO», tosió uno de ellos, y estalló en risitas.

Seguimos caminando.

Me quedé un poco parado, sin saber qué decir, y entonces Lanny preguntó: ¿Crees que se referían a mí o a ti?

Y lancé un aullido que era una carcajada, porque por algún motivo aquello me pareció sumamente gracioso y Lanny me preguntó: ¿Qué? ¿Qué es tan divertido?

Bajamos pisoteando la hierba por el camino para perros que lleva al bosque de Hatchett, que jamás había estado tan hermoso. El grueso muro verde entre el ejido y el bosque estallaba de vida, la clemátide lo atravesaba y envolvía, era un derroche que merecía ser pintado, la aquilea brillaba ligeramente, el espino y el arce se abrazaban, las dedaleras pendían como brazos delgados que intentaran atraernos y yo seguía secándome las lágrimas de risa de los ojos y considerando lo sorprendente que era que yo, a los casi ochenta años de edad, al final de una buena carrera pero también de una vida en su mayor parte solitaria, hubiera ido a encontrar una amistad tan buena en ese niño pequeño.

MAMÁ DE LANNY

Fuimos al laberinto de Carlton Hall para dar una vuelta y hacer un picnic y sacarle algo de partido a nuestro carné de socio, que tan caro nos salió.

Robert no dejaba de dar la lata con que había quedado para comer con Lanny y Pete en Londres, y en lo bien que le quedaba el traje a Pete.

Pero realmente bien, parecía uno de esos tipos mayores estilosos.

Cariño, es un tipo mayor y estiloso.

Sí, pero la mayor parte del tiempo se viste como un espantapájaros. En serio, parecía el director de una agencia de publicidad, botas de ante marrones, un traje de lino precioso, se había recortado la barba, gafas de carey...

Dios, Robert, ¿te pone Pete o qué?

Yo solo digo que creo que nos hemos olvidado de que Pete es un tipo importante. Hay libros sobre él. Creo que probablemente es rico.

Eres una persona ridícula, Robert Lloyd.

Miramos el letrero, que avisa de la dificultad del laberinto e indica que se tarda unos cuarenta minutos en llegar al centro, donde hay un paseo y una estatua del gigante de Carlton Green.

¿Dónde está Lanny?

Estaba aquí mismo.

¿Lanny?

Desde el laberinto llega un silbido lejano. Nos alejamos del primer seto y ahí está Lanny, en la plataforma elevada del centro, al lado de la estatua, saludándonos.

Pero ¿qué coño?, dice Robert.

Nos miramos.

¡Lanny! Vuelve. Ven a buscarnos.

Esperamos. Robert observa la entrada del laberinto con la boca completamente abierta.

¿Ha hecho trampas? ¿Ha encontrado un mapa? ¿O ha seguido a alguien? Ya hemos estado aquí antes, la primavera pasada. No puede haberse acordado. Nadie se acordaría.

No lo pillo.

Unos minutos más tarde, Lanny sale disparado del laberinto con la cara rosada y una gran sonrisa.

Cariño, ¿cómo has llegado tan rápido?

¿Qué quieres decir?

Al centro. Se tarda cuarenta minutos. ¿Cómo has llegado tan rápido?

He ido corriendo.

Robert se arrodilla.

Lanny, ¿cómo has sabido el camino que había que seguir? Quiero decir, ¿hay una ruta señalada en el suelo? ¿Cómo has llegado al centro?

Solo he ido corriendo.

¡Lanny! Robert lo coge de los hombros.

Eh, Robert, tranquilízate. ¿Lanny? Dinos la verdad, porque esto es fantástico pero también un poquito raro, eso es todo. ¿Cómo has sabido por dónde tenías que ir?

Lanny está completamente perplejo, espontáneo y natural como siempre.

Me he puesto a correr. Cada vez que llegaba a una esquina me parecía obvio. ¡A la derecha! ¡A la izquierda! Sentía por dónde tenía que ir. Simplemente lo sabía. ¿Y sabéis qué? La estatua en el centro es de Papá Berromuerto.

Nos vamos a la colina a comer el picnic y Lanny está parlanchín y Robert y yo no hablamos demasiado.

Esa noche, en la cama, Robert se vuelve hacia mí y me pregunta si sigo dándole vueltas al incidente.

Pues claro que sigo dándole vueltas. No sé qué pensar.

Mi amor, es raro de verdad. Ha sido un hecho excepcional. O es una especie de genio de los números que ve cosas que nosotros no vemos. Mierdas raras como esta. Es solo que me pregunto si no deberíamos…

¿Te acuerdas de aquella vez en la casa de mis padres?

Por favor, no, es demasiado.

Me refiero a aquella vez, cuando Lanny era un bebé. Gateaba pero aún no sabía caminar. Estábamos en el jardín de mis padres y de repente desapareció. Nos pusimos a buscar y a gritar y comenzamos a asustarnos y entonces le oímos balbuceando y riéndose y estaba en mi vieja cabaña del árbol, al final del jardín. A tres metros del suelo subiendo por una escalera. Cada uno de nosotros insistió en que no lo habíamos dejado ahí, y sabíamos que era así porque todos habíamos estado sentados a la mesa, comiendo y bebiendo. Pero más tarde nos dijimos que lo había hecho mi padre, que es un bromista, debía de haberse escabullido y lo había subido ahí arriba. Resultaba más sencillo aceptar que papá nos estaba mintiendo que carecer de una explicación racional.

Nos quedamos tumbados en silencio.

Pienso en mi niño, que duerme en la habitación de al lado. O posiblemente no esté dormido. Posiblemente esté bailando en el jardín, con los elfos y los duendes. Asumimos que está dormido como un niño normal, pero no es un niño normal, es Lanny Greentree, nuestro pequeño misterio.

PETE

Lanny y yo desfilamos en dirección a su casa después de que le haya permitido cortar algo de linóleo y de que le haya mostrado el *Dux* de Bellini, que con razón lo ha dejado mudo de asombro. Le he dicho que le acompañaba a casa porque hoy no he salido, y creo que me pasaré por el pub para tomarme una pinta o tres con una bolsa de cacahuetes tostados.

No nos hemos visto mucho últimamente. Yo estoy liado con mi nuevo trabajo. Probablemente él no desea pasar todo su tiempo en compañía de un anciano. Me ha encantado que apareciera esta tarde.

¿El *Dux* de Bellini o el *Cristo muerto* de Mantegna?

El *Dux*.

¿El *Dux* de Bellini o el retrete del revés?

El *Dux* el *Dux* el *Dux*. Es lo mejor que he visto.

Pues me alegro. Estoy de acuerdo en que es algo especial.

Tengo una postal del *Dux* por algún lado, ya la encontraré.

Ah, hola, jubilada magnética a las doce en punto, tenemos a Peggy ahí delante, no hay forma de evitarla, ay, chico, estamos listos, ha establecido contacto visual, nos ha pillado, nada se resiste a su poderosa atracción, tendremos que pararnos a hablar.

No hay problema, dice el cabroncete sociable.

Nos encontramos a una Peggy afligida, lo cual viene sucediendo cada vez más a menudo. Lejos quedan los cotilleos pueblerinos, las novedades exhaustivas sobre el estado de cada matrimonio. Hoy en día, Peggy se siente triste, y con razón. Está delicada, y le duelen los huesos. Está convencida de que un mal mayor e invencible está actuando sobre el mundo. No se equivoca.

Lo que voy a decir, dice mientras sostiene las manos de Lanny en la copa arrugada que forman las suyas, lo que voy a decir es que me llena de alegría verte, jovencito. Todo el mundo camina metido en su teléfono, o pasa a toda velocidad en esos coches enormes y brillantes, pero tú pareces un niño a la antigua, un niño humano como debe ser.

Oh, no te engañes, Peggy, este sabe cómo usar un ordenador, cualquier día de estos lo tendremos dirigiendo todo el tinglado.

Lanny sonríe, se escapa de las arrugadas garras de Peggy y esquiva el movimiento de mi brazo.

Lo que voy a decir, jovencito, es que muy pronto me moriré. Soy la última. Despedí a mis hermanos cuando se fueron a la guerra desde esta misma cancela. Ellos no regresaron, pero el pueblo se ha ido llenando una vez y otra, como una charca entre las rocas. Gente de todo tipo. A la señora Larton esa le gusta simular que lleva aquí desde siempre, pero a mí me parece que fue ayer cuando llegó con el botones-de-latón de su marido, las mejillas sonrosadas, enchufada a una botella de Burdeos todo el día todos los días, y se puso a mangonearnos. Vienen y van. Lo veo todo. Pero tú eres una delicia, jovencito, y has tenido un efecto agradable sobre el lugar.

¿Sabes, dice ella, que me moriré y que derribarán esta casita victoriana y en su lugar construirán tres casitas victorianas de imitación? Reemplazarán esta cancela por una cancela nueva que intentará reproducir el encanto de esta cancela.

¿Cómo lo sabes?, pregunta Lanny.

Simplemente lo sé.

No les dejaré.

¿Sabes, dice ella, lo que el *Libro de Winchester* viene a decir sobre este lugar?

No, respondemos los dos diligentemente al unísono.

Dice que el obispo mantiene este lugar. Dice que responde por diez pieles, tierra para dieciséis arados, veintinueve habitantes y cinco esclavos.

¿Esclavos?, pregunto, porque me parece equivocado.

Peggy chasquea la lengua, Esclavos quiere decir gente sin tierra, Peter.

Ah, vale.

Cinco esclavos, prados para dieciséis arados, doscientos cerdos, tierra por valor de once libras.

Once libras, dice Lanny dando un brinco sin moverse del sitio, yo tengo ahorradas veintinueve libras. ¡Podría comprarla!

Cómprala, chaval, le digo.

Cómprala y cuida bien de ella, jovencito, dice Peggy.

¿Sabes qué más dice el libro?

Peggy se inclina, apoya los codos en la cancela y vuelve a tomar las manos de Lanny y le mira a los ojos.

Dice, en letras pequeñas al final de la entrada, es casi ilegible pero yo lo he visto en una copia fotográfica, «Puer Berromuerto».

Oh, Peggy, chasqueo la lengua, bribona, qué montón de chorradas.

Lo dice, Peter. Lo escribieron. Ha estado aquí desde que existe un aquí. En su día fue joven, cuando la isla se acababa de formar. Nadie ha nacido aquí de verdad, salvo él.

¿Así que es más viejo que tú? Seguro que no. Bueno, tengo que llevar a este pequeño artista a casa con sus padres.

Buenas noches, Peggy, dulces sueños, canturrea Lanny.

Que duermas bien, mi niño bueno, dice ella. Que duermas bien, Loco Pete, y me guiña el ojo.

MAMÁ DE LANNY

Lo estoy arropando. Ha estado muy distante. O yo he estado muy distraída. Viene y va y se lo ve preocupado. Nunca doy con él. Esta tarde lo he estado buscando por todas partes y al final lo he encontrado flotando en la bañera llena, solo su rostro perfecto sobresalía entre las burbujas.

Es todo pelo limpio y pecas.

Mi niño delicioso. Podría comerte.

Eso no estaría bien, mami.

Las madres tienen un permiso especial para comerse a sus hijos, es una norma tan antigua como el mundo mismo.

¿Mamá? Se incorpora chorreando.

¿Sí, cariño?

Anoche soñé de nuevo que salía a correr con los ciervos.

Ooh, qué bien, es tu sueño favorito.

Pero esta vez no era un niño que corría con los ciervos. Era un ciervo dentro de un ciervo que me miraba y se preguntaba si yo era un animal. Sentía los huesos más bajos y fuertes, elásticos, mis ojos eran ojos de ciervo, pero podía verme dentro del ciervo y pensé «¡Un niño humano!», y estaba emocionado y muy, pero que muy preocupado a la vez. Hubo una explosión y sentí que me tiraban hacia atrás, había quedado atrapado en alambre de espino o en unos dientes de metal o algo, y tenía la pierna desgarrada y se me veía el hueso. Todos los ciervos me miraban y no podían ayudarme porque eran ciervos, y yo me estaba muriendo, y ellos se sentían fatal porque me habían hecho tropezar. Yo sabía que me habían hecho tropezar y ellos me mostraban con sus ojos que lo habían hecho porque yo era un humano, porque no podía ser que un humano corriera como un ciervo, no era posible. Había roto las reglas. Duró siglos. Necesitaba hospitales y medicina y palabras y ellos no tenían nada de eso, así que me quedé ahí tumbado y esperé.
Y esperé y esperé mientras los ciervos me miraban.

Joder, Lanny, cariño, qué sueño tan horrible.

No era horrible. Solo era triste. Me sentía muy triste. ¿Qué pasa cuando nos morimos?

¿Por qué?

Me lo pregunto, nada más.

Bueno, yo creo que nuestros cuerpos se pudren y nuestras almas van al cielo. Si hemos sido buenos.

¿Crees en el cielo?

Más o menos. Sí.

Yo estoy de acuerdo con Pete.

Ah, sí, ¿y qué piensa Pete que pasa?

Piensa que nuestra alma se separa y se pone a vagar durante un tiempo, para ver las cosas como es debido. Piensa que por primera vez nos damos cuenta de cómo funcionan las cosas, de lo cerca que estamos de las plantas, de cómo todo está conectado, y entonces lo pillamos, al fin, pero solo durante un segundo. Vemos formas y diseños y es increíblemente bonito, como el mejor arte que se haya hecho nunca, con matemáticas y ciencia y música y sentimientos a la vez, el todo de todas las cosas. Y entonces nos disolvemos y nos volvemos aire.

Eso es muy bonito. Me complace, es algo a lo que puedo aspirar.

Yo también.

Te quiero, Lanny.

Ya lo sé.

PAPÁ BERROMUERTO

Atiborrado, se sienta en su cerca favorita, luce un nudo
de preocupación en el rostro.

una supuesta miniescapada, temperamento asesino,
inexplicablemente se bebió el anticongelante, se lo advertimos,
color verde
un buen polvete lento y remolonear,   como de llevar tres días muerto,
lo que matará a Sandy Cleverdon es una pereza anticuada

escasas posibilidades,
quemado vivo,
malas intenciones,   troncos podridos,
mandíbula fracturada   y pequeños hematomas,

Papá Berromuerto se conoce bien, ha sentido
cómo le envolvía la picazón, y ha llegado la hora,

canola de un amarillo cegador, caza a **las crías** *o las crías crecerán*
las crías crecerán
así que cazamos a las crías con el arco, sin espacio para respirar, crecerán
barniz, puedes sacar al chico de la ciudad
graciosillo pero a quién le extraña, chocó y se dio a la fuga,
pero el pedazo de fiesta,
una cesta entera de petirrojos muertos,   desechos de jardín,

repta en la dirección de los vivos, se cuela por
debajo de Spring Lane y se escurre a lo largo de ella
para llegar justo debajo de la calle principal del pueblo,
así se puede quedar flotando panza arriba bajo sus pies
mientras sorbe el agua del baño y la mierda, las gruesas
bolas de pelo y el polvo, oscuro y atento voyeur,

el ensayo del repique de campanas pasa a las 17.30,
no mucho colega
no mucho colega la misma mierda de siempre, fuera de su propia vida,
miedos nocturnos otra vez pobre bichito, aliento agrio,

play Lord I just can't keep from crying sometimes,

le dijimos que se comportaría fatal, *al azar, actos de agresión*
pronóstico alarmista,
día de mierda, *agresiones* *todo, el desagüe, solo es aire en las tuberías,*
desastre *fronterizo,*
denegado el subsidio de invalidez,
asustado, *el sendero de los tejones,*
costras sanguinolentas,

sube hasta los fregaderos, hasta las
alcachofas de ducha y los retretes, se permite alguna
intromisión, alguna miradita, alguna degustación,

nabos enmohecidos y colinabos,
se pegó un buen susto camino de casa,
sangre de zorro
sangre de zorro, *no fumo porquerías solo verde,*

el avellano pareció encogerse, huesos humanos en las paredes,
es un bárbaro, *no tenía Wasp-Eze,*
esta es nuestra tierra,
esta es nuestra tierra,

cada cien años más o menos la cosa se pone así,
no puede resistirse, lo siente llegar, necesita actuar,

una cadena de remolque cosido e b i do,
escarabajos del reloj de la muerte chasqueando en las vigas,
comportamiento sospechoso, sonrisa aceitosa,
olvidada así que se agrió,

algo no está bien,
círculo *vicioso de arbitrariedades,* mi loco,

de vez en cuando hace eso, monta un espectáculo,
interviene, altera la naturaleza del lugar,

un montón de viejas revistas porno caseras,
tres platos y vino de la casa,

sugiero
que consiga un maldito trabajo y desocupe la banqueta del b a r,

los mitos existen por un motivo,

quémalo, algo va mal,
comenzaremos con el Salmo 37,

más preciada posesión,
una nación de almas podridas,
sollozando en la parada de autobús,

parálisis del sueño, diez de nosotros en el Corsa de Stevie,

**no lo puede resistir y nunca ha podido hacerlo, no lo
puede resistir y nunca ha debido hacerlo,**

y si decimos eco-conservadores y nos preocupamos del logo en otro momento,
noches mi amor, tiempos oscuros,

botellas de cola y platillos voladores,

el susto de mi vida, un batido mohoso, ligamento roto,
el susto de mi vida, un batido mohoso, ligamento roto,

los chicos son así, obstruido por pelo viejo,
cazar
el inglés debe cazar o ser cazado

mascotas asustadas,
la cara como una bolsa de culos fundidos colega,
maniaco pagano manipulador de hurones

debería darles vergüenza a todos,
debería darles vergüenza a todos,
debería darles vergüenza a todos,
niños tienen ideas enfermizas,   quemando maleza,
quemando maleza;

sí la gente es rara,
tuve la extraña sensación de que me observaban,

está tramando algo.

PAPÁ DE LANNY

Me despierto con los puños apretados y con un zumbido en la cabeza, seguro de que hay alguien en el piso de abajo. De que hay alguien en la casa. Es algo que solía pasarme mucho, pero ahora estoy más acostumbrado a los ruidos del pueblo. Sé cómo suena un erizo al avanzar por los parterres sembrados, sé cómo suenan los pasos tempranos del cartero sobre la gravilla. Sé cómo suena el extraño ronroneo de la secadora de la señora Larton a altas horas de la noche. No se trata de eso. Este es el sonido que hace un cuerpo humano al moverse.

Hay alguien en mi casa.

No la despierto. Cojo el bate de críquet del armario y los huesecillos de mis pies crujen mientras salgo de puntillas del dormitorio.

El pulso me resuena en los oídos mientras atravieso lentamente el rellano y me detengo a escuchar en lo alto de las escaleras. No hay nada más que mi pum pum pum pum.

Bajo las escaleras cauteloso. Nada. En mi cerebro, las palabras del guion del dueño de casa aterrorizado, «Vamos, sal, me cago en tus muertos», y el tirón en la vejiga porque en realidad carezco de cualquier capacidad defensiva, no soy valiente, no me meto en peleas, jamás he participado en una pelea, trabajo en gestión de bienes y solo me enfrento de manera sutil al Outlook de Microsoft. Estoy aterrado.

No hay nadie en la cocina pero estar ahí hace que me cague, me imagino que alguien me observa, son un montón, filas y más filas de hombres con rostros de arpillera, con alambre de espino y ácido, granjeros de día y asesinos de noche, invisibles al otro lado del cristal de la ventana, observando cómo uno de ellos me acecha por la casa, Dios, me asusta y hace que me sienta humillado, así que me contoneo un poco, interpreto el papel de «estoy echando un vistazo» por si me observan, qué ridículo, preocuparse por lo que la gente pueda pensar cuando realmente creo que hay un intruso en mi hogar. No hay nadie en el vestíbulo, nadie en el salón, ningún hacha se clava entre mis omóplatos, ninguna escopeta apunta a mi nuca, a mi espalda no hay más que los rincones de mi casa, delante un interior a oscuras que mi esposa ha diseñado con buen gusto, mi propio reflejo, y abro de golpe el armario que hay debajo de las escaleras y siento un dolor en el pecho que es real, un espasmo-angina de pavor, y entonces en el piso de arriba se oye un pequeño graznido...

¡Robert!

Subo corriendo, los escalones de a tres, imaginándome —con absoluta convicción y claridad— que hay un hombretón envuelto en una capa oscura en mi dormitorio y que ha puesto un cuchillo contra la garganta de mi esposa, y entro de un salto con el bate en alto y ella está sentada en la cama.

He oído algo.

Yo también. Pero no logro encontrar nada.

Mi mujer de armas tomar, se la ve aterrada. Susurra.

Aquí. Hay alguien aquí. Hay algo en la habitación.

Corro hacia ella con el bate en la mano y me subo a la cama de un salto, me quedo a su lado, sintiéndome de repente como un crío, nada valiente. Pienso en los periódicos que imprimirán las fotos de nuestras paredes manchadas de sangre. El corazón me estalla en el pecho. ¿Está dentro del armario, está hecho de sábanas, está en el techo, está bajo la piel de mi esposa, lo está escondiendo ella, puedo matar a una persona, me dolerá, nos torturará...?

Tengo miedo.

Tengo mi...

Un crujido y un movimiento, aquí mismo, junto a nosotros, debajo de la cama. Hay un hombre debajo de nuestra cama, en nuestra habitación. Nos van a asesinar en la cama. Me agarra la mano con la misma fuerza que el día en que nuestro hijo la desgarró para venir al mundo.

Tengo que hacerlo. Quizás sea un gato perdido o un refugiado aterrado o un zorro moribundo o un espíritu en bata. Tengo que hacerlo con rapidez, sorprenderme a mí mismo con mi valor, así que sin demasiada pausa, curiosamente calmado por la constatación de que ella me necesita, de que la estoy cuidando, salto de la cama. Aterrizo en el suelo con un ruido sordo y levanto el brazo dispuesto a batear con fuerza contra la moqueta, dispuesto a aplastar el bate una y otra vez contra la cara del hombre.

Debajo de la cama, con los ojos completamente abiertos, es posible que dormido, es posible que despierto, me encuentro a Lanny. Está tumbado con el cuerpo rígido, largo como una alfombra enrollada, con los brazos a un lado debajo de nuestra cama, la mirada perdida a mi espalda. Nuestro hijo. Sin la menor expresión en el rostro.

Más tarde, cuando los dos nos levantamos y hablamos sobre el tema, ella dice que me he enojado demasiado.

Le has dicho que era un puto bicho raro.

Lo sé.

Mañana tendrás que disculparte.

Tiene edad suficiente para saber que nos ha pegado un susto, y yo estaba enfadado. Y tiene que dejar de hacer cosas como esta. Es preocupante.

Tienes que disculparte.

Lo sé. Lo siento. Estaba... horrorizado.

Lo siento.

Creo que en toda mi vida había pasado tanto miedo.

¿Quieres mimitos?

Por favor.

PETE

De un humor muy extraño. Me he bebido unas cervezas y luego algo de whisky, y a continuación un licor de endrinas que no estaba listo aún.

El sonido del pueblo no era para nada el adecuado. He salido a dar mi paseo alrededor de la manzana y me ha asaltado el malestar y he regresado corriendo. La oscuridad era irregular, escurridiza. Busqué refugio en la cocina pero la presión entre los diferentes objetos de la casa no era la adecuada. Algo estaba mal. Tenía el vaso lleno sobre la mesa, el periódico y un bolígrafo, y los tres objetos estaban preparados para despegar y estallar. Algo se cernía sobre nosotros.

Me senté y respiré, seis inspiraciones y seis espiraciones.

Sobre la nevera había una postal de mi amigo Ben: un Ravilious, el caballo de Westbury visto de lado, con el tren que aparece más allá. La guardo desde hace años. Pero miré la imagen, aquella encantadora estampa inglesa, y me sentí enfermo. Bilis en la boca. Sudor en el cuello como si tuviera fiebre. La arranqué de la nevera y estuve a punto de romperla, pero me pareció que aquello no iba a satisfacer el odio que sentía hacia ella, que venía de lejos, de algún modo se había ido acumulando. Bebí a morro otra buena cantidad de ginebra y me quedé mirando la postal. Detestaba aquella imagen tan pintoresca. Detestaba el que aquella postal aparentemente hubiera permanecido escondida debajo de mi tranquila existencia durante Dios sabía cuánto tiempo. El total de mi odiosa y culpable existencia hacía cola, dispuesta a desembarcar sobre aquella pobre imagen. Sentía hacia ella la misma aversión que había venido almacenando sobre mi persona, en mi barba, en mis orejas, debajo de mis uñas, desde que mis padres me dijeron que me fuera al carajo porque era un maricón y una deshonra para ellos, desde que leí por primera vez aquellos panfletos sobre lo que los valerosos ingleses habían hecho en Bengala, en Kenia, en Irlanda del Norte, desde que vi por primera vez cómo masacraban a los animales, desde que vendí por primera vez mi alma a una galería de Londres, a una revista de moda, desde la primera vez que vi una bolsa de supermercado en la garganta de una gaviota podrida, desde que miré al otro lado de la cortina del crematorio y vi cómo los empleados dejaban caer unas cenizas al suelo entre risitas, todo aquello hacía cola, todas aquellas situaciones dolorosas, no sé lo que me pasaba pero ahora estaba furioso. Irritado al borde del bramido. Cogí un bolígrafo. Me senté y me puse con mucho cuidado a dibujar rayas sobre la postal. Entonces la hice rotar y dibujé rayas sobre esas rayas, una rejilla para oscurecer las exuberantes colinas de Wiltshire, su misteriosa mierda neolítica, las agradables nubes, el encantador chu-chu bidimensional del tren, que les dieran a todos los acres de tierra inglesa pintados antes y después en mentirosas acuarelas, a todos los capullos subidos a él, y de nuevo de lado a lado, reforzando la rejilla, para que Ravilious volviera a desaparecer en la oscuridad de la noche, pobre hombre, la tinta negra y brillante borroneando y mellando y destruyendo el bonito gesto de mi amigo Ben.

No me conocía a mí mismo.

No sabía qué demonios era.

MAMÁ DE LANNY

No puedo dormir. La respiración de Robert suena como una puertecita que al abrirse raspara la moqueta. Clic. Ras. Alguien que entra. Clic. Ras. Alguien que sale.

Normalmente duermo bien. Esta noche el pueblo está húmedo y tenso.

Cuando estaba muy mal, cuando Lanny era un bebé en Londres, leí todo tipo de cosas diseñadas para asustar a las madres jóvenes. Leí sobre la muerte súbita y el aplastamiento, la asfixia y las alergias, la cabeza plana y las espaldas torcidas, las lesiones oculares y la leche de mala calidad. Una noche me desperté y Lanny no respiraba, y yo lo acepté. Lo acepté fácilmente. Era de madrugada y yo tenía sed y había olvidado mis diálogos y el edredón estaba hirviendo. Había estado soñando con esa película en la que el tipo del granero pretende ser Jesucristo. La luz de las farolas que se colaba a través de las cortinas era de un amarillo tóxico y el bebé se acababa de morir.

Me quedé tumbada muy quieta. No lo toqué. No grité. No me moví ni me pregunté dónde estaba Robert, no me dejé llevar por el pánico, ni lloré. Me quedé tumbada y quieta y pude pensar con claridad. Se ha acabado y puedes recuperarte a ti misma, pensé para mí. Esta tragedia será la historia de la totalidad de tu vida, pero es tu vida y puedes pasártela durmiendo para siempre si es necesario. Te has ganado el sueño y has perdido el miedo. No más bebé.

Recuerdo esa noche y la tengo en alta estima, extrañamente.

Robert se tira un pedo.

Una lechuza emite medio ruido de lechuza.

Estoy cómodamente acostada en mi cama, en esta casa, en el campo.

Recuerdo un fragmento de oración, o de letra de canción, que habla de sobrevivir incólume al desapacible abrazo del destino.

PAPÁ BERROMUERTO

Papá Berromuerto sale de un charco de color marrón y se pone a caminar por el pueblo vestido como un tipo normal, con un impermeable y las botas adecuadas para quien ha salido a dar un paseo vespertino. Silba su canción, y la canción es un conjunto de instrucciones privadas. Infunde su plan a este condado de los alrededores de Londres, tan común y corriente, lo introduce como si fuera alambre lubricado en la suave carne del pueblo, en sus edificios, jardines, cloacas y tanques de agua, en la calle que lleva a la gran mansión, que la rodea hacia el campo de deportes, lo introduce en los surtidores de cerveza, en los libros dentro de las aulas, en el gas y en la electricidad, en la campana de la torre de la iglesia, hace que las fosas nasales lo absorban, lo restriega contra el algodón, lo introduce en los cuerpos de los hombres y de las mujeres, lo embute entre pliegues sudorosos y lo rasca contra los ojos enrojecidos, lo introduce en los sueños de los niños y en los huesos de las bestias domésticas, y silba y sigue silbando y se da de tal manera que apenas logra mantener una idea unificada de sí mismo. Es agotador.

Había hecho esto antes, pero nunca con tanta sinceridad. Esta cosa terrible la ha hecho a propósito. Quiere que sea para siempre. Una vez por siglo realiza ese esfuerzo, silba su sueño hasta que este cobra vida, prepara al pueblo para su gran momento. Llega desmoronado al borde del bosque, no es más que un tufillo o un indicio, es tan solo un peligro silencioso cálido crepuscular, y los tejones y las lechuzas han visto esto antes y saben que no han de saludarle, sino que deben esconderse.

2

+

+ + +

+

+ +

+ +

+

Me llegó el sonido de una canción,
cálido en su aliento de criatura.

Me traía regalos.

Un segundo o dos.

¿Lanny?

Me pregunto dónde está.

Otro segundo.

¿Dónde está Lanny?

En este punto, las palabras siguen siendo normales y corrientes, se incrustan sobre la superficie cotidiana del día, como ¿Dónde está la pegatina con la contraseña del Wi-Fi? ¿Por qué me sigue picando si le he cortado la etiqueta? ¿Por qué tardan tanto en descongelarse estas pechugas de pollo?

¿Dónde está mi hijo?

Una mujer especula distraídamente sobre el paradero de su hijo, pero no se preocupa porque su hijo nunca está allí donde ella cree que estará.

Un momento tan perfecto del día, mira la hora, es el momento de entrar la colada, es el momento de ir a buscar a Lanny para que se tome la merienda, un momento para mí misma, el momento que tardé en ponerme en pie, en recorrer la casa, en asomarme a su habitación, en decir su nombre, en regar cada parcela vacía de la casa con su nombre, es lo que hace siempre, es el momento de mi hijo, canto cantarina con la voz alegre, llamo a la habichuela Lanny por el jardín, sigo caminando hasta la calle y silbo llamando a mi bollito, y de haberlo sabido apenas habría sido capaz de cruzar la calle a gatas, mucho menos de quedarme allí admirando la luz, de haberlo sabido.

Pero no lo sabía.

Y me vi a mí misma, tal y como comenzaba todo. Una mujer a punto de ser aplastada. Una mujer que comenzaba a rehacerse como un modelo de fracaso y agonía. Pues claro que sabía que algo iba mal.

El momento lucía una expresión grave, me escoltaba, me nombraba personaje principal. Por allí, Jolie Lloyd, lejos de tu hijo.

La mujer se encuentra en medio de una calle y bosteza y se detiene. Es muy buena actriz. Formación clásica. Ese bostezo, esa forma de detenerse, podrían ser casi reales.

Se estira e inspira el lugar, el asfalto, el aroma a hornada, el espino podado, el rastro del cigarrillo de Fred, el conservante de madera, la podredumbre, el gasóleo, algún tipo de floración, allí de pie tras un día encogida sobre el ordenador, mirando calle arriba para ver si él regresa de su campamento en el bosque.

Envié un mensaje de texto, como invitación para Robert. Incluso tarareé en voz baja mientras lo mandaba.

«Llegarás a la hora d siempre? Rollitos d pollo y beicon. Hechos n las ollas nuevas. Trae vino. Buscando a Lanny, como siempre.»

Miré calle abajo, donde podría estar con sus amigos, donde podría haberse detenido a hablar con Peggy o a husmear por el aparcamiento del pub para recolectar los tapones de plástico de los barriles de cerveza.

Dolorosamente consciente de los segundos. Plantada allí, pensando.

una y otra y otra y otra y otra vez

«Preciosidad! Sí, como siempre. Veo tu pedido d vino y contesto Coño, ya lo tengo. Lan no está con Pete?».

una y otra y otra y otra y otra vez

«No, Pete hoy está fuera. Voy en su busca bs».

+

Estaba pensando: Llegar a casa. El fin de semana, mi pollo favorito envuelto en beicon, Jolie de buen humor, buen tiempo, un Rioja Reserva de 2011 en la bolsa, anuncian el andén mientras entro flotando en la estación, soy una máquina perfectamente engrasada de tomar trenes de cercanías.

+

Una mujer que camina con aire despreocupado hacia la casa de los vecinos, una humana que camina descalza por el asfalto, ahora por la gravilla puntiaguda y que a continuación pisa el agradable frío de las baldosas, un ser humano que va pasando de una existencia a otra, superficie tras superficie. Esto se ha convertido en un drama completo, ya no es un monólogo femenino.

Llamé a la puerta.

Miré las seis pegatinas de Vigilancia Vecinal y me pregunté por qué, si las pegatinas nuevas van llegando cada vez, la señora Larton no había despegado las viejas. Por el peso de la afirmación, quizás. Por orgullo. Como prueba del historial de vigilancia. Porque es una gilipollas.

+

Ella llamó a la puerta. Escudriñé por la mirilla su estúpida cara y me pregunté por qué, si Jolie Lloyd tenía unos rasgos tan hermosos, los escondía bajo ese pelo tan descuidado. Por cuestión de modas, supongo. O de timidez. Para que el obsceno de su marido no la mire. Porque es tontita.

+

La oí acercarse resollando, arrastrando las zapatillas por el pasillo, siseando y parloteando consigo misma como la bruja de un cuento de hadas. Oí cómo descorría los diversos pestillos de su puerta de imitación Tudor. Miró por la rendija y dijo hacia abajo: Oh.

+

La vi esperando ahí fuera, jugueteando con los mechones del mocho que tenía por pelo, mordiéndose el labio y moviéndose como una adolescente nerviosa. Disfruté descorriendo los cerrojos con lentitud, uno a uno. Fingí sorpresa al verla y dije alegremente: ¡Oh!

+

Dije Hola, señora Larton, ¿por casualidad ha visto…?, y ella me interrumpió.

¿Eres una persona instruida?

¿Perdón?

¿Fuiste a una buena escuela?

Lo siento, señora Larton, simplemente estoy buscando a… y me volvió a interrumpir.

Porque yo diría que las palabras «No aparcar sobre el bordillo» son bastante inteligibles, bastante explicables, incluso para alguien con una educación rudimentaria.

Oh, lo lamento. Fue un amigo de Robert y movió el coche justo después de que usted viniera a tocarnos el timbre, y bueno… perdone, me pregunto si ha visto a Lanny.

¿La niñita?

Em… nuestro hijo. Es chico. Ya sabe, Lanny.

Y ella cerró de un portazo.

+

Me dije a mí misma: Voy a llegar hasta el fondo de este follón con el aparcamiento, pero ella me interrumpió.

Que si había visto al niño.

¿Perdón?

Que si había visto a Lanny por ahí.

Lo siento, dije, pero me he mojado para que te sintieras bienvenida a nuestro pueblo, y pedí especialmente que no aparcarais sobre el bordillo.

Murmuró algo sobre su ostentoso marido y los cómplices de este en la conducción de coches deportivos, e intentó redirigir el tema hacia el rarito de su hijo.

Qué grosera.

Lo siento muchísimo pero estoy ocupada, dije.

Cerré la puerta educadamente.

+

Me sonrojé y sentí el escozor de las lágrimas en los ojos. No me gusta la confrontación y me sentía avergonzada. Estaba encolerizada. Respiré hondo. La señora Larton puede portarse así conmigo. Lo ha hecho con anterioridad. A mi marido le parece gracioso que sienta miedo y desprecio hacia ella, que esté obsesionada con ella, que me pueda amargar de este modo. Suele bromear diciendo que un día la asesinaré. Es uno de los privilegios de mi marido, bromear sobre las cosas que me afectan aquí, en este pueblo al que nos mudamos para que él pudiera estar en otro sitio, día tras día, en este pueblo al que nos mudamos para que yo pudiera suplicarle ayuda a una vieja repugnante, pedirle que se comporte como una buena persona durante dos putos segundos mientras le pregunto si ha visto a mi hijo por ahí a lo largo de la tarde.

+

Consideré la situación y me sentí bastante virtuosa. La había puesto en su lugar la mar de bien y me sentía satisfecha de haberlo hecho así. Me sentía aliviada. Reflexioné sobre su comportamiento. Ellos aún son nuevos aquí. Habían aparcado sobre el bordillo. Su marido trata el pueblo como un lugar donde dormir y recargar las pilas, como si el pueblo fuera una maqueta de la que puede presumir ante sus amigotes de Clapham o a saber de qué horrible lugar vinieron en busca de aire fresco o de una buena escuela, yo no pido mucho pero les pedí, muy educadamente, si podían no aparcar sobre el bordillo, porque acababan de replantar el césped y había sido caro, y ella se había presentado ante mi puerta como si no hubiera pasado nada, tuve que sonsacarle una disculpa, y a ella lo único que le importaba era su crío, delgaducho y errante.

+

Me arrodillé y dije en voz alta por la rendija del correo:

Señora Larton, ¿ha visto a Lanny?

+

¿Te puedes creer que me abrió la rendija del correo?

¡Para maltratarme a gritos!

+

Me sentía como una niña, alterada como estaba por la humillación y la frustración. Deseé haberlo grabado todo con el móvil, para poder mostrárselo a Robert. En mi próxima novela pienso matar a una versión no muy disimulada de la señora Larton. Estaba furiosa.

+

Francamente, me sentí perpleja ante aquella muestra de indecencia y agresividad. Deseé que hubiera habido alguien que la testimoniara. Iba a necesitar por lo menos dos episodios de *Antigüedades en el ático* para relajarme. Estaba furiosa.

+

¿Y si dijéramos lo que sentimos de verdad?

+

¿Y si dijera lo que sentía de verdad?

+

¿Y si nosotros, los hijos e hijas celosamente corteses de estos vejestorios, nos pusiéramos a echarles en cara su retorcida visión del mundo, su grotesco egoísmo y su mezquina sensación de tener derecho a todo? ¿Y si asesinara a la señora Larton? El mundo sería un lugar mejor. Cómo me gustaría echar su puerta abajo y preguntarle de nuevo: Quiero saber si ha visto a mi hijo, bruja horrible, arpía envuelta en plástico meado, y por cierto que la odio la odio la odio, aborrezco su olor a moqueta fétida y a tostadas, a Silk Cut, a mermelada, a gas y antigüedades. Me pongo enferma solo de pensar en su labio superior peludo y amarillento como la oreja de un cordero, en los viejos anillos familiares que aprisionan sus nudillos de doguillo churchilliano, en el interior de su inmensa y húmeda casa, en su pesada pluma de plata y en su mano manchada de tinta mientras garabatea los pasatiempos de su maligno periódico.

Oh, Dios, es usted una bruja vieja y horrible, es usted lo peor que tiene vivir aquí, es usted lo peor de esta villa inglesa. Es usted lo peor de toda Inglaterra. Y de sus pueblos. Ojalá se muera para que alguien agradable pueda mudarse aquí.

+

Y si nosotros, la gente de la generación que se acuerda de la guerra, les dijéramos a estos jóvenes asustadizos pero que se creen con derecho a todo que este es el país por el que

102

luchamos, que no se puede comprar el sentido de pertenencia a través del teléfono móvil. Me podría haber atacado, gritó ¿Dónde está Lanny?, como si yo lo tuviera escondido en la despensa. Yo podría haber llamado a la policía. Así no habría vuelto a venir por aquí golpeando y gritando que ha perdido el rastro de su gitanillo lloroso de pelo alborotado y canturreos extraños. Me gustaría hablarle de la verdadera comunidad que hay aquí, una comunidad que se ha muerto y ha desaparecido gracias a gente como ella, que compra todas las casas para instalar en ellas ridículas cocinas abiertas y paredes de vidrio. Pues claro que es una megalocura esperar que esta jovencita de nombre inventado comprenda algo de todo esto, bien podría ser una maldita extranjera. Me preocupa el impacto sobre la comunidad. Me preocupa que estén desapareciendo las convenciones. Me preocupa este país. Ojalá se aburriera y permitiera que personas decentes se mudaran aquí.

+

Pero dije calmada y amablemente por la rendija del correo:

Señora Larton. Lamento que nuestro amigo aparcara sobre el arcén comunitario. Por favor, si ve a Lanny, ¿podría llamarme? Le estaríamos muy agradecidos. No ha pasado por casa esta tarde y está oscureciendo. Gracias. Bueno, adiós.

+

Pero pareció darse cuenta de inmediato de lo errado de su comportamiento:

Señora Larton, le estoy muy agradecida por la extraordinaria amabilidad que nos ha demostrado. Por favor, si ve a Lanny, ¿podría llamarnos? Estamos preocupados. No ha pasado por casa después de la clase de arte. Gracias. Es usted muy amable.

+

Estaba a la mitad del sendero cuando oí que las bisagras del buzón se abrían con un chirrido. Me volví y vi las yemas de sus dedos manteniéndolo abierto desde dentro, y dijo tres palabras antes de cerrarlo de golpe. Escupió esas palabras, y yo me las imaginé rodando por el sendero hacia mí, como si estuvieran escapando de ella. Prácticamente sentí que podía recogerlas, limpiarles su saliva alquitranada y guardármelas en el bolsillo.

+

El Loco Pete.

+

Se alejó arrastrando los pies por el camino de entrada pero sentí que no podía dejar de manifestar algo que era muy evidente. Esperé a que se volviera y hablé a través del buzón, le dije dónde pensaba que estaría el niño. Ella se mostró completamente indiferente, como si las palabras que le había dicho le hubieran llegado con cierto retraso. Prácticamente sentí que podría haber caminado hasta ella, adelantando a mis palabras, para decir el nombre directamente al interior de su extraña cabeza:

+

El Loco Pete.

+

Y, a continuación, la palabra Lanny comenzó a estallar como una flor en la rama del atardecer. La palabra Lanny se elevó aberrante y anormal.

Hola, soy Jolie, ¿habéis visto a Lanny?

+

Archie, ¿está Lanny ahí contigo?

+

Theo, ¿has visto a Lanny después de clase?

+

Es la madre de Lanny, pregunta si hemos visto a Lanny.

+

Jolie ha mandado un mensaje preguntando si hemos visto a Lanny.

+

Ve a casa de Peggy, pregúntale si ha visto a Lanny, ¿quieres?

+

Es la madre de Lanny, que si hemos visto a Lanny. Aparentemente no está con el viejales de su novio.

+

Se disculpó por llamarme a casa. Le dije que no se preocupara. Eran las 7.50 y acababa de poner los platos en remojo.

Le dije que Lanny había salido de la escuela como de costumbre, igual que si tuviera un resorte en los pies, la única diferencia era que se había llevado las zapatillas de deporte. Recuerdo perfectamente haberlo visto con su bolsa de entrenamiento.

Le dije que presumiblemente estaría con Pete, en clase de arte, y ella dijo: No, Pete está hoy en Londres.

+

Ha llamado muy nerviosa la señorita Enforma Siniralgimnasio, la del marido invisible, que ha perdido al rarito de su hijo.

+

Está oscureciendo.

+

Y, a continuación, la palabra Pete comenzó a estallar como una flor en la rama del atardecer. La palabra Pete se elevó aberrante y anormal.

+

Es evidente, el Loco Pete lo está metiendo en una tumba poco profunda, LOL.

+

No me gusta esa mujer, nunca me ha gustado. Que le den.

+

Contesta la llamada a través del manos libres del coche, sí, viene de camino, sí, estará atento por si ve a Lanny, podría darse una vuelta por la parte de atrás del pueblo, por si ha tomado el camino largo desde su campamento o algo así. Sí, se pasará por casa de Pete. Sí, le parece raro, pero seguramente no es nada preocupante, y es viernes, joder, saca del horno ese pollo envuelto en beicon que estoy preparado, estoy preparado para meterme a ese cabrón en la panza.

+

Hola, Julie, soy Laura, la madre de Ben, acabo de ver tu mensaje…

Jolie.

¿Perdón?

Es Jolie, no Julie.

Oh, lo siento. Jolie.

No pasa nada. ¿Qué me decías?

Ah, Ben dice que ha visto a Lanny esta tarde, bajaba por la calle mayor después de clase.

¿Bajaba?

Sí, en dirección al pueblo y no al revés.

Vale, gracias, Laura, has sido muy amable, supongo que se habrá detenido a tomar el té con un amigo y aparecerá correteando por aquí en cualquier momento. Gracias por llamar.

Vale, cuídate, Julie. ¡Dios mío, pero qué me pasa, perdón, Jolie!

+

La casa de Pete está cerrada a cal y canto, a oscuras. Escudriño el interior. Doy unos golpecitos sobre la ventana de la cocina. Todas esas piedras raras alineadas sobre el alféizar. Piedras agujereadas.

¿Pete?

Camino hacia la parte de atrás, por si están en el estudio.

¿Lanbichuela?

¿Lannito?

¿Lanny-mío?

Me siento como un idiota. No está aquí.

Al fondo del jardín de Pete hay un enorme tocón hecho de fibra de vidrio. Siempre he querido averiguar si estaba hueco.

Avanzo con dificultad entre la hierba alta, pisando latas oxidadas de pintura y marcos a medio construir, trozos de madera retorcida, fragmentos de losa, mesas y ligaduras, cabezas de animales y esculturas a medio hacer de Dios sabe qué o basura o ambas cosas a la vez y estoy seguro de que soy el primer hombre vestido con un traje de Paul Smith que pisa jamás esta tierra en cierto modo encantada, y mientras me acerco al árbol tengo la razonable seguridad de que Lanny estará escondido en él y de que va a saltar sobre mí para pegarme un susto de muerte, así que digo ¿Lanny? y pego un brinco hacia el tocón abierto y grito: ¡Te pillé!

Te he encontrado.

No está en el árbol.

Te pillé.

Dentro del árbol no hay más que hierbajos y porquería. Me entra algo de miedo. Vuelvo la mirada hacia el jardín y me siento como si la casa de Pete me estuviera observando. Toda esta mierda en el cajón de sastre que es el jardín de Pete ha sido testigo de cómo me ponía en ridículo. Ha sido testigo de que no he encontrado a mi hijo escondido dentro del árbol falso. Pues claro que no se ha ido a esconder dentro del árbol falso.

Estaba pensando: Por favor, Lanny, no seas pesado. Vuelve a casa.

+

¿Deberíamos llamar a Jolie para ver si Lanny ha aparecido?

Está oscuro, ya habrá vuelto.

Siempre en las nubes, ese crío.

+

El pollo no está en el horno, yace ahí como el pollo que nunca será cocinado.

+

La mujer permanece de pie, como si fuera algo completamente normal, y mira el móvil fijamente.

+

¿Pete ha mencionado alguna vez un móvil?

+

En realidad estoy comenzando

Comenzando a… no, nada.

No, dime.

Estoy comenzando a preocuparme.

+

¿Peter Blythe, el artista?

Sí, ese mismo, ¿nos puede llamar si lo ve?

+

De repente eran las diez de la noche y en la casa había una
sensación de náusea creciente, la notábamos en el pecho y
en la garganta, y los brazos nos dolían como si tuviéramos la
gripe, la vejiga nos zumbaba, sentíamos la piel tirante porque
sabíamos que pasaban las horas y que eran malas horas, una
tarde normal se había transformado en una tarde
verdaderamente preocupante que se había transformado en
una noche interminable y aterradora, Jolie ya no era más Jolie,
Robert ya no era más Robert, la familia ya no era más la
familia, la historia acababa allí, joder, son las diez de la noche,
dónde está Lanny, los hechos son estos, nunca ha estado fuera
después de que oscureciera, bueno, una vez, pero no estaba
solo, no está con Pete ni se ha quedado a dormir en casa de
Archie o de Alf, Robert ha subido caminando hasta el
Campo del Gigante, ha estado gritando un buen rato a
pleno pulmón desde lo alto del campo de cometas y si
Lanny estuviera en el bosque no sería tan travieso como para
no responder, Greg también ha ido al bosque caminando,
llamándolo a gritos, Sally ha dado nueve vueltas alrededor
del pueblo en coche, ha ido hasta el pueblo y ha vuelto
despacio, buscando a Lanny, es travieso pero no de este
modo, no es un chico travieso, cómo de travieso es Lanny,
no es una pregunta que nos hagamos nunca, no es travieso, no
se está escondiendo de nosotros, dónde demonios está, nos

preguntamos constantemente qué estará haciendo, a qué está jugando, lo repetimos un montón de veces, jugar, jugando, uno de los juegos de Lanny, una de sus extrañas bromas.

+

Yo estaba pensando con claridad. La adrenalina. Los padres de Jolie nos dicen Por qué no habéis llamado a la policía es un crío es un niño pequeño por el amor de Dios qué hacéis que no habéis llamado a la policía y por el amor de Dios qué hacéis los dos en casa, uno que se quede en casa al lado del teléfono y el otro que salga con una linterna y encuentre al maldito crío, id a su campamento, id al camposanto, id al parque infantil, id a la ciénaga-basurero, id a la parada del autobús, id al salón de actos del Ayuntamiento, id al aparcamiento del pub, id al seto de acebo.

+

¿Lo tienes? Y ella dice: No, vuelve a casa, ha llegado la policía.

+

vuelve   a casa

+

Es de noche

+

Peggy se ha quedado en la oscuridad junto a su cancela, mirando.

+

Llega un montón de gente.

+

Están registrando la casa de él, así que dejémonos de bromas, esto va en serio.

+

Nadie ha pegado ojo en toda la noche.

+

Con las jodidas sirenas y las luces, colega, la pasma de verdad
está en esa casa.

+

Observaba desde detrás de las cortinas las luces y a toda la
gente que llegaba y que iba y venía por la calle y le dije a
Gloria: Esto es lo que significa «repentinamente». Un
profesor me dijo una vez que la palabra «repentinamente» es
perezosa. Como la palabra «agradable».

Pero repentinamente, Gloria, esto ya no es agradable.

+

No es algo que estemos mirando por la tele. Es algo que
ha devorado una noche y un día, nadie sabe qué hora es,
hay un montón de cotilleos desagradables y todos sabemos
que se han llevado a Pete para interrogarlo. Peter Blythe,
joder.

+

Hay veintitrés personas en mi casa y una multitud en el
camino de acceso y muchos, muchos coches y furgonetas, y
hay un hombre con un arnés sobre el tejado.

+

¿Te gustaría retirar lo que has dicho, Stuart? En este preciso
instante hay varios centenares de personas lanzando
calumnias sobre su manera de criar al niño. Juzgando.
Contando historias. No creo que quieras ser ese tipo de
persona, ¿verdad?

+

Mírame, Robert. Mírame, tío. Mírame. Si le ha tocado un solo pelo de la cabeza lo descuartizaré con mis propias manos. Le arrancaré el corazón del pecho y lo pisotearé hasta que forme parte del suelo.

+

Es absolutamente increíble que dejaran al niño solo con él, y mucho más en tantas ocasiones.

+

Miro las manos de la pobre Jolie, los pellejos sanguinolentos alrededor de las uñas, donde se ha mordisqueado los dedos. Ella dice: Por favor, compréndalo, ya no sé qué pensar. El tiempo se ha vuelto loco. Parece que ayer hubiera sido hace semanas parece que hubiera sido esta mañana, todo está torcido y se ha vuelto confuso. Lo siento. El policía le dice que no se disculpe. Llamo la atención de Fergus y nos excusamos y los dejamos con lo suyo, pobrecitos.

+

Un helicóptero ronda por encima del pueblo como un abejorro acosando nuestro tejado.

+

Noticia de última hora, no existen ancianos inocentes que quieran pasar el rato con niños pequeños.

+

Volvemos a salir. No podemos dormir. Los chicos y yo hemos dibujado un círculo con la casa del Loco Pete como centro, le hemos roto la ventana de un ladrillazo por si acaso. Vamos a encontrar a ese crío.

+

Ella frenó de golpe. Salí despedido contra el cinturón de seguridad. Ella negó con la cabeza mirándome por el retrovisor lateral. Me daba miedo estar en un coche de policía.

Te das cuenta de lo serio que es todo esto, ¿no, Peter?

+

Estupro, secuestro, violación, abuso, acoso, rapto, alucinaba con la absoluta gravedad de todo aquello, a duras penas podía aguantarlo, así que algunos de nosotros nos fuimos al pub y estaba a reventar de gente, de extraños, y todos decían hostia un viejales se ha llevado a un crío.

+

Detente y respira, el corazón me pide tiempo-tiempo tiempo-tiempo, tiempo para poner una lavadora, tiempo para ir a buscar a Lanny,

tienes que pensar más, le oigo decir,

nada por aquí, mami, nada por allá,

hoy tengo mucha hambre, ¿qué hay para merendar?

+

No hacen más que repetirme mis derechos, que puedo pedir algo para comer si así lo deseo, que puedo ir al baño si lo necesito. Unos horribles fluorescentes, mis cosas en bolsas, nadie puede preguntarme nada hasta que no llegue otra gente y yo le digo a todo el que entra en la sala estéril de color azul infantil que jamás tocaría a Lanny, y les pregunto cada cinco minutos: ¿Qué le ha pasado a Lanny?, les he dado mis huellas digitales y una muestra de la boca y me han raspado las manos y me han dicho: No necesitamos su permiso, como si yo se lo estuviera negando, y Será mejor que nos lo cuentes ahora, Pete, ¿eres inocente, Pete?, ¿soy el Inocente Pete?, en la sala cinco, la entrevista número cinco, los billetes de tren y la ropa y hay gente en mi casa, esperando a que llegue la videovigilancia del National Rail, de Cork Street, sí, señor, hay gente en su casa y tiene que decirnos dónde está el niño, creo que va a descubrir que podemos hacer lo que queramos, señor Blythe, y uno de ellos susurra: ¿Cerca de qué? Porque ellos piensan, tú piensas, lo sabemos, que le he hecho algo a Lanny, suéltalo y déjate de detalles sin importancia maldito gilipollas, no, no quiero más té ni a un abogado lo que quiero es ver a Jolie o a Robert, quiero volver a casa, quiero ayudar a encontrar a Lanny, y entonces qué sorpresa soy el chalado del lugar, menudo tópico, y de repente siento que quiero a mi mamá o a mi galerista o a Ben o a cualquier persona que les pueda decir que no soy ningún chalado soy un artista famoso joder, eso no viene al caso, lo es, yo no, podría comprar esta comisaría entera si vendiera algunas piezas antiguas que conservo, y quiero que Lanny se lo explique a esta gente, solo mírelo, sacadme de aquí, acabo de leer un poco sobre usted, tuvo bastante mala fama en su día, traedme a Lanny y esa es exactamente la cuestión, señor Blythe, tiene que decirnos dónde está, una figura bastante controvertida, por favor cálmese, ¿conocían los padres su trabajo, los escándalos?, de acuerdo, están presentes en la sala los, ¿cuándo fue la última vez que vio al niño?, la cinta vuelve a estar grabando, todo el mundo listo, cuando quiera una taza de té, señor Blythe, ¿sabemos algo del detective Myerscough?, estamos en el mismo bando, Pete, ¿puedo pedirle que se acerque un poquito a la grabadora?, todo el mundo quiere lo mismo, que alguien traiga un poco de agua y unos pañuelos, todo el mundo quiere que el pequeño Lanny vuelva a casa sano y salvo.

+

No está escondido dentro de tu móvil, ¿verdad, pequeño urbanita?, sal ahí fuera a buscarlo. Búscalo. Ponte a ello.

+

Sopas y oraciones. Luego más sopa y más oraciones. Mis amigos: Estamos capacitados para esto.

+

¿Por qué estaban su mochila de la escuela y sus zapatillas en el cobertizo de usted, Peter?

Supongo que él los pondría ahí.

Pruebe otra vez.

Supongo que pasó por casa y los dejó allí. Ya lo había hecho antes. Tenía libertad para entrar y salir de casa.

¿Por qué los escondió usted?

No lo hice.

¿Jurará ante un tribunal que no puso esas dos bolsas en su cobertizo?

Lo haré.

Señor Blythe, nuestros forenses harán todo lo posible para determinar si nos está diciendo la verdad.

Quiero una taza de té. Esto es una puta locura.

De nuevo, cuide ese lenguaje, por favor.

+

Ella dijo: Es lo que pensamos todos, y yo dije: No, Ellen, no lo es. Eso es impensable. No lo pienses.

+

Cada uno de los bultos del prado parece un niño hecho un ovillo. Tengo el estómago lleno de líquido.

+

Debo aclarar que estamos buscando a un niño vivo. Esta es la búsqueda de un niño desaparecido. Según todas las estadísticas, lo más probable es que Lanny vuelva a casa durante las próximas seis horas, helado y contrito.

+

Edward, si vuelves a decirme algo relacionado con teorías
conspiratorias o complots juro por Dios que me divorcio de
ti, calla la boca, por una vez calla la boca, o sal a buscarlo.

+

Puede describir para que conste en la cinta lo que estamos
viendo, es algo de mi estudio, puede ser más específico, un
poco, por favor esto es ridículo, por favor, es el nombre de
Lanny, continúe por favor, es el nombre de Lanny escrito
una y otra vez, cincuenta y cinco veces para ser exacto
Peter, señor Blythe es algo casi obsesivo no le parece, no es
más que un garabato, grabo letras, fuentes, es algo que hice
de manera distraída, pero usted debía de estar pensando en
él mientras lo hacía, no, quiere usted decir que no pensaba
en él, no, no de esa manera, quizás, a mí me parece una
carta de amor, a un observador casual le podría parecer que
es algo bastante obsesivo, en absoluto, puede usted
describir para que conste en la cinta lo que estamos
viendo, si tan solo pudiéramos responder, es algo de mi
estudio, llevo sin dormir qué hora es, puede usted describir
para que conste en la cinta, es una página de mi cuaderno
de bocetos, siga, no lo entiendo, me lo ha preguntado y yo
le he dicho que lo que quiero es ir a ayudar a encontrar a
Lanny, no lo entiendo, qué hay en esa página señor Blythe,
es un dibujo de dos personas practicando el sexo, es un
dibujo, pero no es solo un dibujo verdad, probablemente
habrá unos veinte mil dibujos en mi casa, no creo nada, me
limito a trabajar, llevo décadas trabajando, algunos trabajos
son como este, señor Blythe lo comprendo pero
explíqueme la diferencia entre estos «dibujos al natural» y
unos dibujos pornográficos, NO, bien señor Blythe, se lo
preguntaré de otro modo, estos son dibujos explícitos que
muestran a figuras andróginas participando en actos
sexuales, NO, dónde está esa señorita tan agradable del

perfume de rosas que me dijo que no tenía que preocuparme de nada, le aconsejo que se tranquilice, por favor, NO, eso es, podemos hacer una pausa, esto no me gusta quiero esperar, un momento, continúe, cómo, continúe, yo, Dios mío no sé de qué otro modo puedo explicárselo, usted cree, espere, señor Blythe hagamos una pausa, esto no es, entiendo lo que dice, llevo desde siempre haciendo obras relacionadas con el sexo y he dibujado siempre y no existe ninguna relación qué locura absoluta, las manos sudadas culpable culpable cálmese, qué es esto un juicio victoriano por indecencia me siento muy desdichado quiero hablar con alguien más esto es simplemente ridículo la gente ha escrito libros la gente ha escrito tesis doctorales sobre mis dibujos y por los clavos de Cristo esto es algo serio bien está usted, maldita sea, no son los garabatos de un depravado sexual soy, Dios todopoderoso, quiero hablar con alguien, así que en sus clases de arte con Lanny alguna vez, NO NO NO deténgase no puedo creer, que detenga qué señor Blythe, cálmese por favor, señor Blythe, cada vez que mueve las manos hay una marca de sudor sobre la mesa de plástico negro ¿señor Blythe?

levanta la mano

una mano húmeda permanece

no hay diferencia entre las voces que le rodean y su voz y los pensamientos dentro de su cabeza y cree que también puede oír los pensamientos en el interior de sus cabezas

levanta la mano

levanta la mano y el aire frío de la sala se lleva el agua y el calor de la marca así que posa la otra mano y deja otra marca y aparecen otras dos como en un test de Rorschach, marcas de calor, de estrés, a continuación se desvanecen,

y él piensa en unas hormigas que carguen gotitas de agua
sobre sus espaldas, sacos diminutos de agua y recuerda
cuando nadaba en Grecia siendo adolescente en aquel mar
extrañamente cálido y el punto del acantilado desde donde
la gente del lugar le dijo que podía tirarse, se tiró y se
encontró con una cueva de la que salía un chorro de agua
dulce y helada

un pasillo de silencio gélido que atravesaba el agua salada
tibia y sibilante

tirándose una y otra vez

cada vez una conmoción

como un visitante en la boda de dos aguas enfrentadas

una y otra vez tirándose Blythe otra vez al agua señor
Blythe

juraré sobre una biblia, por la vida de mi primo, sobre todas
las marcas que he dejado en papel, madera o lienzo, que
jamás le haría daño a ese niño.

¿Señor Blythe?

¿Puede describir para que conste en la cinta lo que estamos
viendo?

+

En una furgoneta, dormido con cloroformo, hasta Dover, de
ahí cruzaron hacia Francia, España, la atravesaron hasta
Marruecos, se despierta con una granada en la boca,
convertido en el juguete de un millonario pervertido.
Buenas noches, Lorraine, no quiero pensar más en ello. No
lo sabemos.

Bueno, hay alguien que sí lo sabe.

+

118

Todo el día cada día. La segunda manecilla del reloj está hecha de alambre de espino y corta.

+

En una sola palabra: ajeno. Al acoso de sus compañeros, a las competiciones, a las políticas de la clase. Siempre en las nubes. Pero muy sofisticado e intuitivo a la vez. Era una alegría darle clase. Es… Cielos. Lo siento.

+

Estaba pensando: ¿Cómo debo comportarme? Volví a salir pero los equipos de búsqueda estaban ya muy organizados y todo el mundo me dijo Vete A Casa Robert Descansa y me convertí en el más desesperado y fraudulento de los seres humanos.

+

No dejas de decirlo. Deja de repetirte y concéntrate en lo que sí sabemos.

+

El hijo mayor de Julian y Fi iba a dedicar su tesis a Peter Blythe, era un gran fan, así que ahora tendrá que pensárselo de nuevo.

+

El color de sus ojos, pero no la manera en que te choca el puño cuando le ha gustado la comida. La marca y el aspecto de su mochila, pero no la pequeña línea de pecas que atraviesa su nariz y sus mejillas.

Se lo he dicho.

Lo he olvidado.

Lo he mencionado.

Lo recuerdo.

El color de sus ojos, pero no la manera en que canta mientras pasea. La marca y el aspecto de su mochila, pero no la pequeña cicatriz que tiene en el nudillo.

+

Silencio en la sala.

+

Esa foto de Pete en los años setenta, vestido exactamente igual que Moondog, quiero decir, da para comprobar los antecedentes penales del cabrón, ¿no crees?

+

Lo repite con su tono profesionalmente aterciopelado: No hay una manera establecida de reaccionar a esto.

+

Famosos al fin: la yaya ha salido en las noticias de las diez diciendo que era mejor mantenerse alejado del Loco Pete.

+

Estoy hablando, pero no reconozco mi propia voz. Mi voz y todas estas otras voces y el ruido martilleante del hecho de que aún no ha aparecido.

+

¿Quién es este hombre de traje gris brillante con bolsas de plástico azul en los pies, dos iPads y un laboratorio químico portátil que está sentado en la cama de Lanny?

+

Deberían buscar en la leñera de Peggy; lleva robando bebés desde la Edad Media.

+

Hay quince personas hablando a la vez, ocupadas en traducir a Lanny a una página A4 de desaparición, una mota en el mar de los desaparecidos.

+

Un partido crucial es un partido crucial, no importa lo que esté pasando, y este lo vamos a ganar por él, por el crío.

+

Todo lo que voy a comentar, y esto no os lo he dicho yo, es que en su casa encontraron algunas cosas muy extrañas.

+

El insomnio es la carpintería del diablo, hijo.

+

Alguien sabe dónde está, dice Sally por cuadrigentésima quincuagésima vez y la voy a matar, pero ha sido una roca. ¿Acaso Sally no ha sido una roca?

Encontrad. A. Mi. Hijo. Cambiad a mi marido por mi hijo, lleváoslo, sacadlo de mi vista, sacad a todo el mundo de mi vista. Voy a cerrar los ojos y voy a dibujar a Lanny en el interior de los párpados con un detalle del que solo yo soy capaz, y cuando los abra quiero verle.

+

Imagina, tan solo imagina que eres esa mujer, durante diez minutos apenas, Dios mío.

+

Se trata de una cuestión y no hay más: negligencia.

+

Ese paño de cocina con el mapache que dice descaradamente «¡Que Dios me dé paciencia pero que me la dé rápido, por favor!», vamos, qué desconsideración.

+

Gavin, el oficial de servicio del Equipo de Investigación de Maltrato Infantil, dice: Hablad con Robert. Preguntadle a Robert lo que piensa.

+

Piénsalo, piensa en lo que debe de ser no tener ni idea de dónde está tu hijo durante tardes enteras, durante días enteros.

+

Estaba pensando: Soltemos al padre de Jolie, dejemos que mate a Pete y que traiga a Lanny a casa, que me arrope en la cama, que se ponga paternalista, que me menosprecie y me trate como a un niño por los tiempos de los tiempos a cambio de que Lanny aparezca brincando por el camino de entrada y pregunte: ¿Qué pasa, papi, qué están haciendo los abuelitos aquí?

+

Tengo que preguntarlo. ¿Deseas que Pete haya matado a Lanny? ¿Es lo que quieres? ¿Quieres un cuerpo?

+

El simpático Adam dice: Cuando las pruebas pertenecen a un sumario de personas desaparecidas se da prioridad a los análisis de ADN, pero en cualquier caso el laboratorio está en Londres y, para ser más claro que el agua, el ADN de Lanny está por todo el pueblo, es como si fuera polvo de hadas. Para ser claros, las pruebas forenses de Lanny están por todas partes. Están por toda la calle, detrás del salón de actos, alrededor del pub, en más de una docena de casas, en habitaciones y cuartos de juegos y garajes, en el bosque, en el ejido, en lo alto de los putos árboles, disculpen mi forma de hablar. No pasa nada, simpático Adam, ¡continúa, por favor!

Bueno, es casi como si el rastro de Lanny fuera el rastro del pueblo y a él lo tuviéramos delante de las narices.

+

He mirado en todos los cubos de basura que hay y en cada ocasión, cuando levantaba una tapa o una bolsa, he esperado ver a un niño muerto y eso se cobra su peaje así que esta noche estoy bebiendo aunque sea un día abstemio, ¿vale?

+

¿Dije o no dije que eran una pareja extraña, Jolie y Rob? Bueno, por no mencionar a Pete y al chaval, ¿me pillas?

+

No existe nada parecido a confiar en una persona. Es un mito dañino.

+

Estoy en el invernadero. Está hecho un asco. Hemos abandonado nuestros ambiciosos planes hortícolas. Hay huellas de botas policiales en los arriates. Hay una maceta rota.

En las patatas de siembra, las florecillas blancas están abiertas, así que cojo una planta y la levanto. Allí, en el agujero, algunas aferradas a las raíces, hay una docena de patatas-bebé. Y hay una bolsa de plástico. Me arrodillo. Limpio la bolsa contra mi camisa.

Por algún motivo intuyo que se trata de algo importante, así que me comporto de manera subrepticia. Vuelvo la mirada hacia la casa, hacia la gente que hay dentro de mi casa. No quiero que vean esto.

Es una bolsa zipper para congelar cosas. Dentro hay un pedazo de papel con la letra de Lanny.

Se me acelera la respiración y los diversos escenarios posibles se desprenden de mí como la tierra de la raíz cuando la sacudes.

Pero es más sencillo. Es algo tan típico de Lanny: la dulzura, el deseo de satisfacer a los demás, el encanto iluminado.

¡HOLA RECOLECTOR DE PATATAS HURRA PORQUE HOY ES EL DÍA DE LA PATATA DE SIEMBRA!

Me tumbo sobre la maleza que cubre el suelo del invernadero abrazando la carta que mi niño escribió hace cien días o más, y lloro y clavo los nudillos en la tierra. La habría encontrado. Le hubiera llamado. Hubiéramos sonreído y hubiéramos estirado juntos de las patatitas, sacudiéndolas para liberarlas.

+

Podrías darle un abrazo, pero ella te arrancaría el brazo de un mordisco.

+

Estaba pensando: Si alguien intentara meterlo en un coche, ¿Lanny se resistiría, forcejearía? ¿Van a abusar sexualmente de él, lo van a matar? ¿Tiene Jolie estas ideas? ¿Puedo protegerla de ellas? Sé por la televisión que hay perros que buscan cadáveres, capaces de encontrar el rastro de un cuerpo muerto, pero estos no son perros que buscan cadáveres, estos perros buscan a un Lanny vivo, olfatean su peculiar aroma a leche, su ropa, su pelo sin lavar. Mis ideas eran lúgubres e inestables, y fingía estar ocupado.

+

Es muy importante que duermas.

No puedo.

Yo puedo ayudarte a dormir.

Si me quieres ayudar, reúne a toda la gente que conoces, a toda la gente con la que te has cruzado en la vida, y ponte a rastrear cada centímetro de este país hasta que encuentres a mi niño, y entonces tráemelo.

+

La singularidad de Lanny. Nadie recuerda si jugaba bien al fútbol. Jugaba bien. Cantaba mucho. ¿De veras? Cantaba mucho pero ¿jugaba bien al fútbol? Cantaba mucho, así que se burlaban de él. No, de Lanny no, tenía una especie de magia, todos aceptábamos que era enigmático y particular. Una especie de magia y qué, ¿funcionaba con los adultos, con los niños, con todo el mundo? No me lo creo.

+

A cualquier hora del día te encuentras con unos veintitantos mirones, turistas de la tragedia, formando un corrillo al otro lado de la cinta de plástico. Me alucina. ¡Y la imbécil de Angela Larton les lleva té!

+

Alguien ha pintado BERROMUERTO SE LO LLEVÓ en la parada del autobús.

+

Walter comenzó a comportarse de manera rara, ladraba y husmeaba alrededor de esa especie de pequeño fortín de cemento que hay en el campito de los trineos, así que pensé mierda, ya está, se acabó, voy a tener que ver un cadáver, tendré que cargar con un niño muerto el kilómetro y medio que hay hasta casa, saldré en el periódico, pero solo era un tejón podrido, los gusanos brotaban de las cuencas de sus ojos como un ejército descabezado, a cámara lenta, cargaban y se retiraban, se arremolinaban confusos.

+

Soñé que era la Virgen y que amamantaba a Lanny, que era un bebé con brazaletes en las muñecas pintado cual querubín renacentista sobre mis ropajes de color lapislázuli, al fondo estaba el pueblo, a Robert se lo veía diminuto mientras recogía el heno en el sembradío, y a medida que Lanny se alimentaba Lanny crecía, se hinchó y se estiró hasta convertirse en un hombre grande alto musculado, esculpido, liberado de cualesquiera roca invisible que hubiera aprisionado al bebé, acomodado en mi regazo, barbudo, la enorme polla colgándole y apuntando al suelo, seguía comiendo, haciendo gluglú, completamente dormido pero sediento, y mis tetas estaban hechas de hojas de col, y mi hijo estaba hecho de mármol, y Robert aparecía al fondo, diminuto, cosechaba desesperado, se arrodillaba para tirar de aquellas pajas inútiles, y en el espejo, medio oscurecido, estaba Pete, pintándonos.

+

No hay niño desaparecido que sea pesado o aburrido, ¿verdad? «En realidad no echaremos de menos su cara feúcha o su mediocre rendimiento escolar. No tenía nada de especial, en realidad era un incordio de niño, y nos alegramos de que ya no esté.»

+

Queridos Jolie y Robert, pienso en vosotros. Lamento muchísimo haber sido malo con Lanny a veces. La mayor parte del tiempo no lo fui, pero una vez lo llamé subnormal y creo que se molestó. Lo siento de verdad. Pienso en él y rezo para que vuelva a casa. De James Stead.

+

Me ofrecieron un hotel. Me aconsejaron que no fuera por el pueblo. Pero quiero buscar a Lanny. No provoque a la gente, me dijeron. En momentos como este, las emociones están a flor de piel. Pero quiero ver a Jolie. Quiero ayudar a mis amigos. Quiero encontrar a Lanny. Entonces, un hombrecito con aspecto de ratón dormilón vino y me dijo que iba a necesitar terapia. Me advirtió de que quizás no podría volver a vivir en el pueblo. Debía ver a un psicoterapeuta y aprovechar al máximo el apoyo legal, financiero y emocional que se me ofrecía. Y no debía hablar con los periódicos.

¿Cree usted en Dios, señor Blythe?

No, dije.

Era por saber, dijo el ratón. Puede resultar muy útil.

+

Sabía que eras un insensible, pero no me había dado cuenta de que estabas lleno de odio.

+

VIOLACIÓN, ASESINATO Y VIOLENCIA SÁDICA. Lea algunas escenas de la «esperadísima ópera prima criminal» de la mamá de Lanny.

+

Silencio, por favor. A riesgo de repetirme, por favor, no contrariéis al abuelo. Por favor, respetad al Agente de Mediación Familiar y la delicada labor que debe llevar a cabo ahora mismo.

+

Es un esclavo sexual en Arabia Saudí, es un músico callejero en Fez, está dentro de una bolsa de escombros en el musgoso fondo del canal Dudley, es ácido, es agua residual, es cemento, ahora tiene una cara nueva.

+

Mírame a los ojos y dime que no es emocionante tener a todo el país observándonos.

+

Pensaba que era un pequeño tarado, saltando de aquí para allá como una princesa de cuento, pero no hay que hablar mal de los muertos, ¿verdad?

+

Pete dio una vuelta completa al pueblo a plena luz del día como si no le importara una mierda, olé sus huevos.

+

Ya no es sospechoso. Tiene una coartada infalible desde que el chico salió de clase hasta este mismo instante. Una. Coartada. Infalible. ¿Podemos repetirlo en beneficio del Capitán Caza-de-Brujas, a quien tenemos ahí, en la máquina tragaperras?

+

No habrás visto en tu vida algo parecido a las colecciones de este niño. Su habitación es como el museo Pitt Rivers: madera fosilizada y cristales y piedras, todo con etiquetas como «40 millones de años de antigüedad», «Playa de Suffolk», «La primera pirita de papá», dientes de tiburón, muñecos de vudú, nudos, lavadedos, bellotas, conchas, estalactitas, espoletas, todo etiquetado, todo guardado con amor.

+

Ha sido valiente al volver aquí, para mirarnos a todos a la cara.

+

Queridos señor y señora Lloyd: Estábamos en el bosque jugando con nuestras carabinas de aire comprimido y nos encontramos a Lanny, que estaba construyendo su cabaña, y le llamamos bicho raro y le dimos patadas al muro y lo rompimos un poco y yo le hice la zancadilla y nos reímos todos. Lo siento mucho, era un niño realmente guay y espero que esté bien y que vuelva pronto a casa. De Dean Dawes. PD: Lo siento.

+

Pam tiene una biblioteca dedicada a esta mierda.

¿Qué mierda?

Ya sabes, a los niños desaparecidos.

¿Eh?

Los casos de asesinato, los misterios de niños desaparecidos, todos esos libros sobre niños muertos famosos.

Es enfermizo.

Sí, me dijo que eso le encanta.

Es enfermizo.

Sí, me dijo que estar tan cerca del drama es un sueño hecho realidad, y que espera que no se acabe.

Es lo más nauseabundo que he oído nunca, la Gorda Pam es mala.

Sí, tío, pero no deberías llamarla la Gorda Pam, no mola.

+

¿Me permites recordarte, Nick, que desde el primer día, EL. PRIMER. DÍA, Jolie dijo que no creía que Pete le hubiera hecho daño a su hijo? Lo dijo desde el primer día.

+

Sé que con gran generosidad imprimió las primeras mil postales de manera gratuita, pero el suyo es el único negocio de la localidad que cobra por ayudar con la campaña, y siendo usted, ya sabe, polaco, y por tanto no un miembro de la comunidad en el sentido tradicional, me parecería terrible que se supiera que se está aprovechando del señor y la señora Lloyd y su terrible tragedia, que, bueno, es la de todos.

+

Eh, pederasta, menuda cara la tuya. Pero a mí no me engañas. A algunos de nosotros no nos importaría tener una charla contigo.

+

Queridos todos:

Esta mañana me he reunido con Caroline, la editora de Jolie Lloyd, y con Martin, del equipo jurídico, y puedo confirmaros que vamos a retirar esta novela de las previsiones de manera indefinida. Gracias a todos por haber mantenido la cabeza fría cuando se filtraron esas páginas, y por vuestro interés y sinceridad. Creo que podemos sentirnos sumamente orgullosos de nuestro comportamiento, como editores y como personas, durante este momento tan terrible para uno de nuestros autores nuevos más prometedores. Con afecto,

Susan

+

Una panda de tíos duros atacando a un anciano. Hombretones. Pegándole puñetazos a un jubilado lloroso.

+

Yo me gano la vida con los hechos, Agnieszka. Cada año se escapan de casa setecientos mil niños. Cada año secuestran a unos setecientos. Dejemos que las probabilidades se impongan al pánico ciego y a los fantasmas más siniestros, ¿te parece?

+

El viejo Howarth «pantalones pijos» no ha dicho gran cosa,
¿verdad? ¿Habrá hecho chitón para que la policía no
encuentre los centenares de putitas muertas que tiene en el
jardín?

+

**Peggy se arrodilla y coloca sus ancianas manos sobre la
guirnalda de bellotas tallada en el cofre que su bisabuelo
fabricó a partir de un roble del lugar. Susurra: Cuida
de él.**

**Espera unos instantes y recorre la madera con la yema
de los dedos.**

**Suspira. Siente un dolor punzante en las rodillas, le sube
también por la columna.**

Sé quién eres.
Sé lo que tramas.
Devuelve al niño.

+

Son perros diferentes, colega. Este no olerá a un niño vivo.

+

Concursos de autenticidad, se esfuerzan por ser el que con
más motivo pertenece a este lugar, se reservan su propio sitio
especial en la foto. Todo esto ha demostrado que la mayoría
son unos gilipollas.

+

Su pelo, sus ojos, sus andares, sus incisivos, sus calcetines por
los tobillos, la cicatriz de su rodilla, su risa. Lo reconocerás
por la pelusa dorada en sus espinillas. Yo lo reconocería por
su aliento matutino a leche. Encontradloencontradlo
encontradloencontradlo.

+

Jen le daba a actualizar cada cinco minutos, Lanny, #Lanny, NoticiasLanny, #EncontradALanny. Pero, a diferencia de Jen, yo había salido en las noticias, así que también era más o menos adicta a buscarme en la tele y todo el mundo decía que se me veía delgada. Muy triste, obviamente, pero también delgada.

+

Solo queremos que sepáis que pensamos en vosotros cada segundo del día y que esta tarde hemos elevado una oración en grupo a San Antonio para que Lanny vuelva a casa sano y salvo, y esperamos que abráis vuestros corazones al amor de Dios para que por su gracia os devuelvan a vuestro niño. Todo es posible para aquellos que creen.

+

Me lo encontré al bajar del autobús, al mierdecilla, a ese imbécil privilegiado con su mochila de cien libras y con su bronceado de haberse ido a esquiar en las vacaciones de mitad del trimestre, y le pregunté: «Oye, capullín, ¿pintaste tú el grafiti de Berromuerto?», y en su rostro sonrojado hubo un brevísimo fogonazo de seguridad, de enojo, pero entonces desapareció y se le saltaron las lágrimas mientras pedía perdón perdón perdón lo siento mucho y, por ello, dos horas más tarde, estábamos todos ahí, él y su padre y su hermano y yo, borrando la pintada, en silencio, ninguno abrió la puta boca y la cuestión, lo que no dije, lo que evidentemente no mencioné, es que cuando mis mascotas se morían mi viejo solía decir siempre: «Berromuerto se lo llevó». Quizás sea por eso que la cosa me acojonó tanto y simplemente quería que desapareciera.

+

Nunca me he presentado como es debido, soy Angela Larton, la vecina de Lanny, y estoy actuando como enlace extraoficial entre las autoridades y la asociación local.

+

No te voy a mentir, colega, el pub está que lo peta. Ninguna queja por aquí.

+

No es ningún secreto que la policía le dio un toque a Noddy sobre sus llamadas telefónicas de broma, hace tiempo. ¿Alguien piensa que Noddy es un asesino de niños?

+

Cuando construía su emparrado, ¿Lanny mencionó a alguien más, a algún adulto que hubiera conocido en el bosque?

+

Sí, sí, duquesa mía, Pete es un tío de fiar, Pete tiene un corazón de oro, Pete es muy buena gente, Pete no le haría daño ni a una mosca, y otros muchos tópicos reconocidos que puedo repetir hasta que vos, mi recia moza, me traigáis el té.

+

Hablando del demonio del pueblo y de cómo apaciguarlo. Le dije: Peggy, no me estás animando demasiado, vieja amiga.

+

Estaba pensando en Caroline Freeman, la agente de enlace, con su falda tubo ajustada y sus zapatos de charol de tacón alto, así que me retiré discretamente al baño para hacerme una paja. El odio hacia mí mismo, el placer furtivo, Caroline Freeman con la falda subida alrededor de la cintura, Caroline Freeman enrojeciendo, el rubor sexual recorriéndole el cuello mientras mira por encima del hombro y dice no te preocupes, no nos oye nadie y sí, sí, le encantaría sentir mi pulgar húmedo en el culo mientras me la follo, sí por favor Robert, ups, Dios mío, la vergüenza y el alivio que se van al tirar de la cadena y la culpa.

+

Al principio oí que alguien hablaba y no le di muchas vueltas
porque Alice suele hablar en sueños, pero me di cuenta de
que eran dos voces, dos voces infantiles, así que desperté a
Gary y él también las oyó, oyó a Alice hablando con otro
niño, y nos levantamos y cruzamos el pasillo mientras oíamos,
lo juro por la vida de mi madre, dos voces, Gary os dirá lo
mismo, y nos quedamos delante de la habitación de Alice
escuchando, mientras conversaban como viejos amigos sobre
esto y aquello, sobre sus platos favoritos, Alice le dijo que no
soportaba la mantequilla de cacahuete y la otra voz, la voz de
niño, dijo: «¡A mí tampoco, la mantequilla de cacahuete es
un asco!», y Gary empujó la puerta y al abrirse vimos que
Alice estaba sentada sola en su cama, y le preguntamos con
quién hablaba, quién más hay en la habitación, Ally, cariño, y
Gary estaba buscando en los armarios, detrás de la puerta,
y Alice dijo: «Lanny. Estaba hablando con Lanny». Y sé que
la gente nos juzgará y dirá que nos lo hemos inventado, pero
creo que nuestra familia ha sido testigo de un milagro.

+

No se lo diría yo misma, pero alguien debería hacerlo,
decirle que no le haría ningún daño a su causa que se pusiera
un poco de maquillaje. Se la ve tan tosca que cuesta
simpatizar con ella, ¿me entiendes?

+

Si fuera tu hijo y él volviera a casa después de todo este
follón, ¿cómo te pondrías? Te lo digo en serio, yo me
pondría hecha una furia.

+

La vi peor —ESPERAD, ESCUCHADME—, la vi peor cuando
le pegaron la paliza a Pete que en cualquier otro momento
desde lo de Lanny, ESPERAD, SILENCIO, ESPERAD, lo

134

único que digo, lo único que estoy diciendo es que hay algo que, vale, olvidadlo, si ninguno de vosotros quiere oír ideas de verdad os podéis ir todos a tomar por culo.

+

Tíos, admiro lo que hacéis y todo eso, pero no creo que una gala de micrófono abierto para recaudar fondos sea algo que le fuera a gustar al pobre chaval. Todavía no, ¿eh? Si se entera de que van a tocar los Sultans of Bling no querrá que lo suelten.

+

Lo grotesco, Theresa, es la escandalosa velocidad del asunto, la rapidez con la que un niño desaparecido se convierte en una industria floreciente. ¿Cuánta práctica debemos de tener ya?

+

La oscuridad se cierne según tu mandato, Señor, no hay pecado que deje de recibir su castigo.

+

Querida Jolie: No sé si te acordarás de mí pero soy Alyssa, una de las comadronas que trajeron a Lanny al mundo. Me acuerdo de él, y de ti, y de tu simpático marido. Solo quiero que sepas que pienso en vosotros y en vuestro precioso bebé a diario, y que espero que vuelva a casa.

+

El texto queda archivado, se sirven las pintas. «El pueblo parece cómplice de la mitificación de este peculiar niño, como si aceptar que se trata tan solo de otro niño desaparecido fuera un menosprecio al lugar, a esta villa tan encantadora, a este lugar tan superespecial.»

Llamo a mi jefe, que me acusa de haberme dejado contagiar por el escenario. Dice que me he convertido en uno de los lugareños, que me he reblandecido. Hace una imitación de mi acento: «El niño era diferente, cancelemos la búsqueda y hagamos unos bonitos dibujos de él. Debe de haberse transformado en una lechuza para volar al puto Hogwarts y cenar allí con la princesa Diana».

+

En toda mi vida no había visto a una mujer más culpable, cuanto menos tienen que excavar en el jardín de los Lloyd como que ya.

Cuando menos.

¿Cómo?

Cuando menos, no cuanto menos.

¿Quieres una hostia?

+

La buena señora dice: Sentirás que te llama desde la oscuridad, que no tienes más que incertidumbre, y hay voces, y recordarás que en este país desaparece un niño cada tres minutos, y entonces comenzará de nuevo, Sentirás que te llama desde la oscuridad, que no tienes más que incertidumbre, y yo miro el borde de cerámica del fregadero y me pregunto con cuánta fuerza tendría que lanzarme contra él para abrirme el cráneo, para partirme la cabeza y acabar de una vez, y recordar que en este país desaparece un niño cada tres minutos.

+

A SU BOLA: LANNY IBA Y VENÍA SIN CONTROL

Los padres de Lanny, el niño desaparecido, han admitido que salía a pasear solo por el pueblo y que a menudo no tenían «NI IDEA» de dónde estaba.

+

Me quedé mirando hacia el pueblo y pensando en Robert y Jolie ahí, Dios sabría por lo que estaban pasando, y en el pobre Pete, solo y aterrorizado, acusado de las peores cosas posibles, y en la prensa que hacía cola, que acampaba, ese horrendo ecosistema voyeurista que se alimentaba de los dos, y en esos pocos días sin dormir que parecían haber durado años, y sufrí una crisis total, allí, plantada junto a la cancela. ¿Cómo podemos fiarnos de nada? ¿Cómo podemos confiarles nuestros niños a los demás? ¿Cómo podemos confiar en nosotros mismos? ¿Cómo demonios se las han arreglado los humanos para vivir en grupos? Me arrodillé junto a la cancela y me puse a rezar. Sentía una desesperación aguda, sentí que aquel niño perdido era lo que más nos merecíamos, la única historia que nos podía quedar, niños perdidos, y la crueldad de la idea hizo que me dieran arcadas. Tosí y me sorbí la nariz y me quedé allí sentada, en un berenjenal de ateísmo, hasta que vi llegar a Paul Shilton con su labrador negro y recobré la compostura.

+

Equipos especiales, estoy seguro de que lo son, pero han destrozado el césped y hay un bolígrafo roto en el bebedero de los pájaros.

+

De hecho le dio la mano, le ofreció ayuda para arreglar la casa.

+

Han sido cinco días, pero como si hubieran pasado meses.

+

No le estoy «quitando importancia», Marion, pero seamos sinceros, todos esos capullines intentando convertirse en el héroe del día, comportándose como si fueran las estrellas de un culebrón, canonizando a san Lanny, gente que en toda su miserable existencia no había levantado un dedo para ayudar a los demás de repente entra en modo «Búsqueda y Rescate: Salvemos al Niño de la Luz». Lo siento si me parece un poco fuerte.

+

¿Pete?

Jolie estaba ahí delante, observándome. No recordaba haber abierto la puerta. No sabía qué hora era.

Pete.

Se la veía exhausta. Una grisalla. Parecía semitransparente y espectral.

Probablemente tenía el aspecto de cualquier madre a la que le hubiera pasado la peor cosa del mundo.

No conseguía moverme. Estaba completamente clavado en mi sitio, como un san Sebastián arrugado, asaeteado de la cabeza a los pies por el hecho de que ella hubiera venido hasta aquí para verme.

Oh, Dios, Jolie.

Paseó la mirada por mi casa, por el grafiti y las cosas destrozadas, por la cinta policial y los duplicados de los documentos oficiales, por la pintura que me habían tirado sobre el fregadero y el aparador.

Miró la palabra PEDERASTA, pintada con espray de color magenta en la pared de la cocina.

Se acercó a mí y colocó la frente sobre mi hombro.

No la abracé me quedé quieto.

Dijo: Lo siento, y yo dejé descansar la mejilla sobre su cabeza y dije: No.

No.

Ella dijo: Lo siento.

Lo siento.

Dijo: Sé que tú nunca

Negué con la cabeza y la abracé.

+

Apoyado en la barra, Mick me dice: No seas tan ingenua, cariño, los niños desaparecidos, las niñas asesinadas, las mujeres violadas y raptadas, el tráfico de menores, los padres asesinos, las mazmorras del sexo, los cuerpos en bolsas y enterrados en el patio, es todo una industria que mueve miles de millones de dólares y que las autoridades incentivan activamente, ups... se agacha a recoger el cacahuete que se le ha caído sobre la moqueta estampada y se levanta sonrojado por el esfuerzo.

Siempre, ups —eructa contra la palma ahuecada—, Siempre hay que seguir el rastro del dinero. Me habla de la economía de la prensa amarilla y de quién se sienta a las mesas del poder. Los pelos de su nariz, recubiertos de una brea ambarina, se agitan mientras habla, mientras lanza constantes miradas hacia mis tetas, mientras me desvela los misterios del mundo y yo me pregunto qué me puedo preparar para merendar.

+

Los lectores de esta columna sabrán que me gusta encarar las situaciones. Así que encarémonos con ella. Esta mujer, este modelo del dolor inglés, con su agradable estructura ósea, su cabello natural y esos labios tan besables, esta mujer está viviendo claramente la peor pesadilla de cualquier madre. Oh, sí, vendría a ser la reina trágica de Inglaterra, nuestra Mamá Aterrorizada, seleccionada especialmente entre todas las madres que han vivido situaciones similares porque su cara y su pueblo resultan tan pintorescos. Hasta aquí, todo nos suena bastante. Pero ¿y si hubiera algo escondido a simple vista? ¿No es nuestro trabajo, querido lector, asomarnos más allá de la representación? No soy la única persona de este país que se pregunta qué tiene la interpretación de la señora Lloyd para que no me acabe de convencer. ¿Por qué esta actriz profesional, adiestrada para manipular y persuadir al público, no logra hacerlo conmigo? ¿Qué tiene la autora de un (según la editorial) «thriller psicológico de trama perfecta» (si habéis leído las páginas filtradas sabréis que es una novela muy violenta) para que no me acabe de convencer como estrella de este drama familiar? Que quede claro que no creo que sea una asesina, y ya veremos lo que sale a la luz durante las próximas semanas y meses, quizás a lo largo de los próximos años, pero permitidme decir ahora, queridos lectores, que hay algo en Jolie Lloyd que hace saltar las alarmas en mi interior.

+

Está fuera de control, este asunto de los milagros. Un niño de cuatro años que apenas puede sostener el lápiz ha escrito una carta de parte de Lanny en la que dice que se encuentra bien, pero que está con los ángeles. La letra y el vocabulario están categóricamente fuera del alcance de cualquier niño de esa edad, y su maestra de parvulario estuvo allí todo el rato, vio cómo pasaba. Las cámaras de televisión se han abalanzado sobre la familia, que ha rechazado pagos de seis dígitos. Si quieres saber mi opinión, te diré que todo este tema resulta muy preocupante.

+

Hablaba con él todo el tiempo. Le conocí muy pero que muy bien. Y mi mamá una vez fue a tomar café a su casa.

+

Si queréis saber de milagros preguntadle a Peggy, dije,
sabiendo perfectamente que Peggy no le ha dicho una sola
palabra a ningún periodista y que tampoco lo hará.

+

Nunca adivinarás lo que acabo de ver. Acabo de ver a
Robert en el aparcamiento del pub con Pete, y se estaban
abrazando. Y no me refiero al abrazo rápido de un momento
de crisis, sino que era como si se quisieran cortar la
respiración el uno al otro. Pete con el ojo morado, por Dios
santo, es que te rompe el corazón. Ambos temblorosos,
aferrados el uno al otro. Como sabes tengo el corazón de
piedra, pero la imagen me ha conmovido mucho.

+

No somos más que patéticas criaturas narrativas, señora
Brailsford, obsesionadas con la agonía de la ignorancia. Sísifo,
Atlas, Eco, todas esas pobres almas, ahora nosotros. Es la
historia más antigua de todas: el dolor interminable.

+

No estoy escuchando una sola palabra de lo que esta
psicóloga bienintencionada o agente o doctora o enlace
personal o lo que sea que es nos está diciendo, pero mis
padres le prestan atención y por lo general Robert es buen
oyente, Robert está todo arreglado y huele bien después de
haberse duchado, tengo las manos tan secas que la piel de los
nudillos se me ha agrietado, qué buen oyente, toma notas
y a continuación, ¿qué?

¿Qué ha dicho?

Usted.

¿Qué ha dicho?

Ella ha dicho: Hemos encontrado un paquete de cartas de

de Lanny, nos lo han entregado esta mañana, estaban entre los helechos en un lateral del ejido, el que da a Ghost Pilot Lane, y en este momento están siendo examinadas por...

+

Y fue entonces cuando a Jolie se le fue completamente la cabeza, joder.

+

Y fue entonces cuando se me fue completamente la cabeza, joder.

Monté una escena bastante respetable. No podía quedarme ahí sentada, escuchando cómo aquella mujer me decía que debíamos considerar seriamente la posibilidad de que Lanny se hubiera hecho algo a sí mismo, de que Lanny, basándose «evidentemente» en esas últimas «evidencias», había estado metido en algo muy poco habitual, y que el experto en perfiles psicológicos quería volver y hacernos algunas preguntas más acerca de Lanny y de su comportamiento y de las conversaciones que hubiéramos podido mantener con él, y sí, la presa se rompió y experimenté una rabia violenta a extremos de los que nunca me había imaginado capaz, y no me gustaría disculparme por ello, ni un ápice, nada de remordimientos. Me hubiera gustado poder seguir rompiendo cosas y gritando. Le dije a la mujer que si no llamaba a sus superiores y me traían esas cartas en menos de una hora le iba a arrancar esos bonitos ojos azules de la cara y me los iba a comer.

+

Pensaba que habían comenzado a entender a Lanny, su habilidad para escabullirse y tergiversar cualquier intento de comprenderle. Ya estaba acostumbrado a todo eso. Llevaba años preguntándome a mí mismo: ¿Dónde está Lanny, qué estará tramando ese niño?

+

Éramos un equipo de seis, buscándolo otra vez. Peinando el bosque.

Pete se nos unió más tarde, nos fuimos a dar gritos al huerto, de regreso rodeamos el vallado de Howarth. Nunca se sabe. Uno no puede quedarse sentado esperando.

+

Es difícil describir esa perturbación, el daño que les hace a los procesos mentales normales. Es difícil verbalizar el trauma absoluto que implica, el modo en que todo se tuerce, el anhelo incoherente, la sed insaciable de información, cómo todo ello golpea contra las órdenes que rutinariamente transmiten el cerebro o la barriga. Es un diálogo tedioso y constante: mírame, bebiendo una taza de té mientras mi nieto continúa ahí fuera; mírame, doblando la ropa de mi hija como si eso fuera a devolvernos al niño desaparecido. Lanny Lanny Lanny todos nosotros, su nombre es un dron que zumba en todos los fragmentos posibles del espacio mental. La experiencia más cercana que se me ocurre es cuando en 1963 me escondí debajo de un pupitre con el resto de mis compañeros de clase esperando a que una bomba nuclear cayera encima de nosotros. Aquello se acercaba. Aquello se acerca.

+

Media docena de trozos de papel, atados con cordel de jardín de color verde, envueltos en celofán. Todo el mundo susurra: Ahí están. Esas son las notas. Lanny escondía notas entre los arbustos.

+

Hasta donde yo sé, no hay respuesta adecuada para una cosa así.

+

143

Ahora crece bajo nosotros, crece sobre nosotros.
¡Haz una espada!
Recoge el agua de la lluvia.
Mézclala con saliva humana y un pellizco de tierra
y la mezcla será mágica, solo para ti,
el hombre verde mezcla sus pociones
y me cose un abrigo otoñal para el viaje.
Lame la savia. Haz la maleta.
Prepárate y espera.
La mezcla te cantará el plan.

+

Se pasa toda la tarde sentada en el jardín, leyéndolas una y otra vez.

Oigo que uno de ellos dice: Tardaremos en olvidar el día de hoy.

La gente viene y va.

Todos estos expertos y periodistas y amables extraños, estremecidos y crispados por la naturaleza intensamente anormal del asunto.

Ideas en su cabeza.

Míralos ahora.

Oigo que uno de ellos dice: Estrambótico es poco, colega.

El tono de la especulación ha variado por completo. Hasta el momento, en nuestras cabezas había un ladrón de niños, un secuestrador, un hombre que le hacía daño a Lanny. Iba creciendo a diario, le salían colmillos y ganaba en sadismo, desarrollaba un poder milagroso para escapar a la ley y la pericia de un agente de viajes. Las cartas parecen haber hecho que ese hombre se desvanezca.

Oigo que uno de ellos le dice a su móvil: Anima a los voluntarios a que piensen como si fueran un niño, un niño muy extraño.

+

*Barba de anciano y musgo y hiedra, de cientos
de estaciones ha salido ileso.
Cuando estás plantado en él, el mundo no es una ruina. Los
árboles están al mando.
La lluvia encuentra la manera de evitarme, huye de mí,
estoy hecho de hojas enceradas y de sílex duro, albergo la
luz del día de mañana en mi corteza, invisible.*

+

Salgo y me voy a sentar a su lado y leemos las cartas juntos y
no nos decimos nada.

+

Ninguno de nosotros abrió la boca, nos limitamos a
observarlos. Era absolutamente rocambolesco. Rick estaba
ahí parado como un melón, con sus Directrices para
Obtener las Mejores Pruebas en una carpeta de plástico,
murmurando «pero qué coño» una y otra vez.

+

Estaba pensando: qué vida tan amorfa. Echo de menos viajar
al trabajo. Echo de menos el ir y venir. Le doy vueltas a una
idea en la cabeza, en secreto, mientras miro fijamente las
extrañas palabras de Lanny, «La lluvia encuentra la manera de
evitarme». La idea, que las manos de mi çabeza se pasan
entre sí como un panecillo recién salido del horno, es que
no le echo de menos, que no siento nada por él. Si no fuera
un personaje central en el drama de su desaparición, ¿me
importaría de veras que se hubiera ido? ¿Es esto un tabú? ¿Se
trata de una verdad escandalosa sobre mí? Es espantoso, este
secreto. Es posiblemente la única idea clara que he tenido
nunca, aquí fuera, solo junto a mi desolada esposa, leyendo
esos extraños hechizos o planes o lo que fuera que Lanny
nos dejó. Sí, me digo a mí mismo, esta es la verdad. Estoy
pensando con claridad. Tengo el privilegio de saber esto

ahora, sobre todos nosotros. En realidad, nadie siente nada por nadie. Es todo falso.

+

La peña morbosa parece haberse esfumado, probablemente se hayan trasladado a algún otro lugar, hacia una tragedia más fresca. Cazadores de aflicciones.

+

Carla, por favor, que nos estamos muriendo de sed. Con o sin niño desaparecido, no deberíamos tener que esperar seis minutos por un par de pintas de Foster's.

+

De acuerdo, míster instancia moral suprema, suponiendo que tuvieras el manuscrito de Jolie, ¿acaso el valor del libro no va en aumento con cada columna que aparece dedicada al pequeño Lanny? ¿Acaso no es la autora inédita más rentable del país dejando de lado a los miembros de la familia real?

+

El precio de la vivienda en el cinturón verde, amigo mío. Es inmune a los problemas. Las crisis vienen y se van, los niños nacen, desaparecen, crecen y se mueren. Nuestro trabajo es edificar. Brindemos por nuestra verde y agradable tierra, y por su valor.

+

La idea misma de un lugar seguro resulta opresiva.

+

Todos nos sentimos unos tontos.

+

Dignidad e indómito regocijo, te lo ruego.

+

Fe en las señales.

+

Si no te da miedo, no lo estás haciendo bien.

+

Son tiempos desangelados.

+

Seguimos buscando.

+

Peggy vuelve a estar junto a su antigua cancela. Frota la madera gastada. Se sostiene contra ella.

Escucha en busca de finales.

Espera.

3

Me había hecho un lío con el edredón, Jolie no estaba conmigo y aquella plataforma pétrea sobre la que se había construido esta parte del mundo se había desplazado sobre su lecho y estaba fuera de sitio, y algunas cosas ocultas comenzaban a asomar, atravesando la superficie. Miré por la ventana y vi que la proa de un inmenso barco de caliza se adentraba lentamente en el jardín. Tenía más de un centenar de metros de alto y brillaba a la luz de la luna.

Me había hecho un lío con las sábanas, Robert no estaba conmigo, quizás yo estuviera en el sofá, y la casa se había vuelto del revés, había gravilla en el suelo, hiedra en las paredes, un manojo grueso de agujas de pino alojadas en mi garganta, asfixiándome. Bajé la mirada hacia mi cuerpo y vi que relucía de humedad y estaba veteado como el de una babosa; que se convulsionaba brillante y pegajoso.

Me había hecho un lío con mi ropa, dormido en la mesa de la cocina, un descanso leve y compasivo, y había disfrutado de mis sueños y la mesa estaba tibia y me di cuenta de que estaba hecha de piel humana viviente, de que olía bien, de que palpitaba rolliza su vigor, de que susurraba: despierta, Pete, de que se expandía blanda y cálida contra mi mejilla, joven y vital contra mi anciana cara, despierta, Pete.

En la madrugada ya avanzada Peter Blythe baja la mirada y ve que sobre la mesa de su cocina, allí donde ha estado durmiendo, hay una tarjetita. Es una invitación. La lee y la conmoción resultante hace que sus músculos se contraigan y que su cansado corazón lata más deprisa. Pete no vacila ni un instante, se echa el agua fría del grifo de la cocina sobre la cara, se dirige apresuradamente al baño para mear, y a continuación se pone el abrigo y las botas. Murmura para sí mismo todo el tiempo y ni siquiera coge la llave ni apaga las luces ni cierra la puerta de entrada, sale apresuradamente de su casa, se dirige rápidamente allí donde se le ha invitado a acudir.

Bajo el brillo de la luna, la noche apenas está oscura pero sí muy avanzada, y hay en ella un olor estancadillo, como a mierda de pato o de oca, a las heces de algún ave acuática mezcladas con diésel o aceite. Qué noche extraña, piensa Pete mientras avanza apresuradamente por la carretera en dirección a la calle principal. Qué raro. Pete se detiene. Está llegando a la calle principal desde el otro lado, como si fuera de regreso a casa. Como si avanzara por la imagen especular o la impresión negativa del pueblo. Te entiendo, piensa Pete, el pueblo es una xilografía y yo estoy caminando aquí por la plancha de madera misma. Tanto da. Está medio dormido. Hace frío. Será algún truco de la noche, nada más. Pete expulsa un aliento limpio y canalizado, que hiende sus labios fruncidos como de fumador o de flautista. Da zapatazos calle arriba como guiado por un perro fuerte y excitable. De nuevo se siente confundido porque todo está al revés, porque está bajando en dirección a Peggy, apoyada sobre su cancela, en vez de subir hacia ella, pero no ha dejado atrás el salón de actos. Ella debería estar en el lado opuesto. Alguien ha vuelto este maldito pueblo del revés, piensa Pete para sí mismo, pero le da igual porque está demasiado ocupado para que le importe. Peggy se ve joven y hermosa y su cancela no está gastada aún por el roce de casi un siglo, y detrás de ella sus hermanos soldados se pasan una pelota iluminados por la luna. Peter se acerca a saludarla. «Ve —le dice ella—. Ve, Peter, no hay tiempo para detenerse, tienes que llegar, él no querrá que llegues tarde.»

Así que él sonríe y la saluda con la mano y acelera el paso, sube por la colina cuando debería estar bajándola, en dirección al salón de actos del pueblo.

Las luces están encendidas pero él de repente se pone nervioso y siente deseos de saber qué hora es, de saber lo que debe esperar. Nunca se ha involucrado en las funciones del pueblo. ¿En qué época del año estamos? ¿De qué espectáculo se tratará?

Se oyen unos pasos apresurados y Pete se encoge de miedo, tal y como tienden a encogerse de miedo los hombres que han sido apaleados recientemente, pero se trata solo de Jolie. Dios, se alegra de ver a Jolie.

Ella sostiene una invitación arrugada de tanto apretarla dentro del puño.

Más pasos, y Robert se acerca hacia ellos a través de la limpia y afilada platinotipia nocturna.

—¿Robert? —dice Jolie.

—¿Pete? —dice Robert.

Todos extienden sus pedazos de cartulina.

PAPÁ BERROMUERTO PRESENTA
LANNY: EL FINAL
SALÓN DE ACTOS DEL PUEBLO
ESTA NOCHE

Entran en grupo, arrastrando los pies como tres niños nerviosos. La pesada puerta de madera se cierra con un ruido sordo a sus espaldas.

Los olores habituales del salón de actos (arcilla de modelar seca, pelusilla de jubilado, espuma para arreglos florales, zapatillas de tenis apestosas) se ven atravesados por un potente hedor que ninguno de los tres invitados acaba de identificar. Se parece bastante al olor extrañamente agradable del asfalto fundido, pero es natural, acre, al punto de verde, dulce, con algo de muerte o descomposición en él. Los tres invitados se quedan temblorosos junto a la entrada, como si estuvieran drogados, contrastando el olor con sus recuerdos, aclimatándose.

Llevan en las manos vasos de plástico con vino tinto y unos boletitos de rifa de color rosa. El salón está iluminado por fluorescentes de luz penetrante, que emiten un zumbido.

Los tres invitados se descubren sentados. Nadie ha dicho una sola palabra.

—Bienvenidos —dice una voz desde el escenario—. Bueno, ya estamos todos. Así que: ¿el boleto número 1? ¿Alguien tiene el número 1 de color rosa?

Sobre el pequeño escenario descansa el dibujo de un hombre de metro ochenta de altura. Es el hombre sin hombros de Lanny, el de su primera clase de arte con Pete. Se mece ligeramente, tiene las piernas huecas y unos rectángulos chapuceros por pies. Su pecho parece una caja. Carece de cuello, y por encima de su rostro sonriente hay una docena de mechones de pelo que se elevan desafiando la gravedad, alargados y en punta. A la mitad de su cuerpo, a la altura de los pezones, brotan dos largos brazos acabados en círculos con unos dedos rechonchos a duras penas unidos a ellos. Él hombre hace bambolear sus brazos tiesos y horizontales.

—Me reconocerías en cualquier sitio, ¿eh, Pete? —dice.

Habla con la voz de Pete.

Jolie y Robert se giran para mirar a Pete, que está sentado entre los dos, y unas lágrimas brillantes avanzan por sus ancianas mejillas, pero él no dice nada.

El hombre hace señas torpes con sus manos rígidas, planas y mal dibujadas para que Pete se acerque.

—¿El boleto rosa número 1? Ven, Pete. Tú tienes el primer tíquet. ¿Peter?

Pete no se mueve, no puede moverse.

La sonrisa permanece fija en su cara y vuelve a decir, con la voz del propio Pete:

—Vamos, anciano.

Lentamente, como si las patas de la silla estuvieran unidas a unos cabrestantes invisibles en los ojos del hombre del dibujo, el asiento de Pete se ve arrastrado hacia el escenario. Pete solloza en silencio. Sus pies se deslizan por el suelo, se doblan bajo la silla como los de un muerto. Inertes. Sus manos yacen patéticamente cruzadas sobre su regazo. Niega con la cabeza.

Pete es arrastrado con firmeza hacia la tarima sobre la que permanece el dibujo del hombre. La silla golpea contra los escalones del escenario.

Pete levanta la mirada.

—Arréglame —dice el dibujo.

Pete niega con la cabeza.

La cara sonriente del dibujo infantil vuelve a hablar, como si hubiera puesto una grabación, y Pete se escucha a sí mismo hablando con Lanny aquella primera tarde.

—Bien, Lanny. ¿De dónde salen tus brazos? Los brazos de este pobre tipo salen directamente de los costados de su cuerpo, ¿qué te parece?

Pete niega con la cabeza.

El dibujo grita:

—¡ARRÉGLAME!

De repente, Robert y Jolie irrumpen en alaridos de ánimo: «¡Arréglalo! ¡Arréglalo!».

Pete se pone en pie y sube al escenario, sus rodillas crujen por el esfuerzo, resopla y se limpia la nariz con la manga.

—¡Arréglalo!

Pete coge uno de los brazos del hombre dibujado y se lo arranca. Lo deja caer y le arranca el otro.

El dibujo se balancea y sonríe y saca la lengua, pero no es una lengua, sino un grueso lápiz de albañil. Lo escupe sobre el escenario y Pete se agacha a recogerlo.

—Arréglame, Loco Pete.

Pete vuelve la mirada hacia Jolie y Robert, pero estos se han convertido en unos muñecos de rostro brillante, en hinchas deportivos de plástico que sonríen y se revuelven en sus asientos.

Pete levanta el lápiz y dibuja una línea. Esta se mantiene fija. Se pone a trabajar alrededor de la caja que es el pecho del hombre, líneas limpias y certeras, y en efecto las marcas van apareciendo, son reales, se unen entre sí y se quedan suspendidas, crecen, es un borrador que se desarrolla a partir de los hombros del dibujo, un brazo, dos brazos, bien perfilados, y el dibujo dobla y flexiona sus nuevas extremidades a medida que aparecen. A partir de la crudeza plana del dibujo de Lanny se eleva algo a escala, conseguido y fiel a una vida animada y dotada de músculo. Pete trabaja con rapidez.

—¡Vamos, Pete! —dice el Robert de plástico.

—¡Vamos, Pete! —Plas plas plas, Jolie se golpea los muslos de manera robótica—. ¡Vamos, Pete! —Plas plas plas.

El dibujo vuelve a hablar tal y como Pete lo hizo en su día:

—Ahora la cabeza, Lanny. ¿Puedo pedirte que te tengas en cuenta a ti mismo y veas si encuentras algo entre tu cabeza y tu pecho?

Pete extiende el brazo y tira de la cabeza hacia arriba, decapita momentáneamente al dibujo, sujeta la cara en alto con una mano mientras le dibuja un cuello grueso y correcto, el bulto de la nuez de Adán, la leve sugerencia de los tendones, y entonces vuelve a dejar caer la cabeza y sombrea la unión entre la barbilla y el cuello.

—¡Gracias! —retumba la voz del gigante híbrido, mitad garabato infantil y mitad conseguido estudio al natural, palpitante y algo más que tridimensional—. ¡Ah, sí!
—Y se inclina hacia abajo y cierra los brazos alrededor de Pete, lo envuelve, y Pete llora y tiembla, los brazos caídos a los lados, aferrado a su lápiz. El hombre lo estruja entre sus nuevos y poderosos brazos, brazos de verdad, y hace presión hacia abajo con su poderosa barbilla, y Pete resuella y forcejea en busca de aliento, atrapado en el abrazo. Está constreñido e indefenso y el hombre dibujado se pone a entonar la canción que Lanny cantó aquel día, y las voces chillonas del impostor Robert y de la Jolie falsa se unen a él, desde atrás, y Pete no puede respirar, solo puede escuchar, y aquello suena horrendo en las voces de los

adultos, la tonadilla distraída de un niño se convierte en un cántico enfebrecido, se convierte en algo amenazador, y Pete comienza a sentirse soñoliento, le están estrujando con tanta fuerza que se siente como un niño atenazado por una fiebre circular, y comienza a resbalar, a deslizarse hacia ese lugar cálido que hay más allá del abrazo brutal, hacia el confort que intuye en algún lugar dentro de la canción, dentro de la canción de Lanny.

–Limón aah, piña colá, melón arr, femin sí, mascul ra, piña la, coche a gas –cantan. El dibujo viviente le estruja y Pete está ahora flácido, cuelga de su abrazo, menguado, como el disfraz vacío de un anciano. Jolie y Robert cantan a gritos, descarados–: Limón aah, piña colá, melón arr –patean el suelo, aplauden, y el hombre dibujado se inclina hacia Pete y le susurra al oído, con su propia voz:
–Puedes verlo, ¿verdad? ¿De adolescente? Tienes esa esperanza, ¿verdad, Pete? ¡Tienes esa ESPERANZA! Puedes ver a Lanny, algo avergonzado al encontrarse contigo, quizás esté con sus colegas en la parada de autobús, le comienza a salir la barba, la voz rota, y no te dice hola pero sí asiente con la cabeza, y hay una mirada conspirativa, una especie de vínculo, ¿verdad? Muy bien, Pete. ¿Puedes ver al Lanny adolescente, Pete? ¿Es este uno de tus finales?

Pete se está desvaneciendo, se sumerge en la oscuridad, el salón de actos es un recuerdo, la negrura lo envuelve, y él sonríe ante la sugerencia, porque en efecto eso es exactamente lo que ha visto, lo que ha anhelado, así que responde:

–Sí.

Y se ven sumergidos en la oscuridad, los tres invitados, de nuevo en sus asientos, aterrorizados. Silenciosos, congelados y mudos.

Se produce un crujido, un chapoteo, el sonido quebrado de unos pasos sobre las plantas, de pies que aplastan las cañas.

—Hágase la luz —dice Berromuerto con la voz de una joven mujer inglesa. Ella lanza una risita, burbujeante y coqueta—. Es un buen comienzo, ¡un trabajo espléndido del viejo Loco Pete!

Las luces se encienden y Robert ve que la mujer es perfecta. Dolorosa de contemplar para un tipo fiel.

—Ahora, ¿el boleto rosa número 2? Robert, ¿estás listo para jugar?

Con un dedo floral, Berromuerto le hace gestos para que se acerque.

Robert se levanta de la silla de un salto. Lleva un equipo de corredor caro, de licra. Jolie y Pete han desaparecido. Solo están Robert y Berromuerto.

—Nunca había estado tan listo —dice.

Berromuerto se tambalea sobre unos tacones de malvarrosa de quince centímetros de alto, inestable sobre ese suelo esponjoso de plantas parásitas. Está a punto de resbalar pero Robert la sujeta por el codo. Su aroma es mareante.

—Gracias —le aprieta ella la mano con humedad—. Ahora concéntrate, ricura —le susurra, espirando perfume de almizcle sobre su cuello—, es la hora de tu primera prueba.

Hay un teléfono móvil flotando a la altura de la cabeza, en la piscina de luminiscencia que proyecta su propia pantalla azul.

Robert se pone a estirar los músculos de las pantorrillas y da unos pasos hacia delante. Al pasar, su codo roza contra el pecho de ella y su pene da un respingo dentro de las ajustadas mallas deportivas.

—¡Preparado!

Caza el móvil que flotaba en el aire ante él. Sabe cómo utilizar un aparato de esos.

—Bien, Robert Lloyd —dice la versión sexy de Berromuerto—. Mira estas imágenes. ¿Es este uno de tus finales?

Él mira fijamente la pantalla con el ceño fruncido, de tanto en tanto pasa el dedo sobre ella. No está contento con lo que ve.

Berromuerto se mantiene en silencio, resuella, sisea, deja escapar aromas herbosos.

—¿Robert? ¿Es este uno de tus finales?

Él niega con la cabeza y aleja el móvil de sí.

—No, oh, no. —Se endereza y se vuelve hacia Berromuerto—. Por favor, no…

—Di lo que ves, Robert —le dice Berromuerto, en cuya suave carne han comenzado a brotar pequeños tallos y pétalos. Sus bonitos dientes se están reblandeciendo y se convierten en bayas blancas magulladas; sus labios son habichuelas moteadas.

Robert está sudando, tiene manchas oscuras bajo los brazos y en el pecho. Se baja la cremallera de la camiseta de licra y se seca la frente.

—Oh, Dios, no. Por favor.

—¿Sí, Robert?

—Es… es Lanny. Le están… No quiero decirlo.

—Tienes que decir lo que has visto, Robert. De otro modo no podremos seguir adelante.

—Él… Están abusando de él. Le están haciendo daño.

—¿Y es este uno de tus finales? ¿Lo has visto?

Robert observa fijamente el teléfono móvil. Se rasca la cabeza como un alumno enfrentado a un complicado problema aritmético.

–Lamento meterte prisa, Robert, pero tengo que preguntarlo, ¿es este uno de tus finales? ¿Es algo que viste en relación con tu hijo?

Robert aparta la vista del teléfono, los ojos brillantes, se queda mirando el espacio en el que estaban Jolie y Pete, y dice:

–Sí.

El teléfono desaparece.

–Bravo, Robert –dice Berromuerto, que ahora está completamente cubierto de flores putrefactas, es una ninfa-planta informe, su pulido acento televisivo se ha desvanecido y ahora arrastra las palabras con tono cavernoso, de sus ojos y de su boca chorrea un fluido aceitoso de color verde.

–Eso ha sido muy valiente. Pues claro que has visto esas imágenes. Has sido muy valiente al admitirlo. Ahora, la pantalla número dos, por favor.

Ha aparecido un nuevo teléfono y Robert se acerca a él a grandes zancadas y comienza a desplazar la pantalla hacia abajo con determinación, preparado para recibir más dolor, pero al mirar en el aire resplandeciente sonríe. Relaja el otro puño y se ríe entre dientes.

Se vuelve sonriendo hacia Berromuerto, que está detrás de él.

–¿De qué se trata, Robert? ¿Es uno de tus finales?

–¡Es maravilloso! Es Lanny, apuesto como nadie. ¡Está vivo! Tiene veinte y muchos, ¿o son treinta y pocos? Lleva un traje muy elegante, sonríe como nadie, lleva a una hermosa

chica del brazo. ¡Sus ojos verdes se ven fulgurantes! El traje
es realmente bonito. ¡Lanny está vivo y bien y se va a casar!

—Eso es adorable, Robert. ¿Es este uno de tus finales?

Y Robert se siente tan aliviado, tan aligerado y aplacado que
se deja llevar, está tan encantado con esas imágenes de su
hijo que contesta sin pensar:

—¡Sí!

El salón de actos se sume en la oscuridad.

No hay más ropa deportiva, no hay más móviles. Robert está
temblando, le corre un sudor frío por las sienes y por la nuca.
No puede hablar ni moverse ni recordar lo que ha hecho
mal.

—Ay, cielos, Robert. Qué fracaso. En momentos como este
tienes que decir la verdad. Pete ha logrado hacerlo, ¿no es así?

Berromuerto lo envuelve en un abrazo gaseoso, hace que se
deslice por el salón de actos y lo suelta, blando y adormilado,
sobre una silla de plástico.

—No has estado nada bien, Robert.

Robert.

¿Robert?

—¿Robert? —Jolie le da golpecitos en el hombro pero él está
profundamente dormido.

—¿Pete?

Los dos hombres están despatarrados sobre sus sillas,
roncando.

Ella pasea la mirada por el salón de actos, que es solo el salón
de actos. Parece haber regresado a la vida real, o se ha
despertado, o está viva, o ya no está sufriendo una pesadilla.

Se pregunta si no debería volver, se pregunta si los agentes de policía que están delante de su casa las veinticuatro horas del día se habrán dado cuenta de que se marchaba, o quizás es que se han marchado ellos, quizás todo el mundo se ha dado por vencido, quizás todo se haya acabado ya o nunca llegó a suceder. Se frota la cara con las manos secas e inspira el aire frío y estancado del salón de actos, todos sus bautizos y fiestas de dieciocho años y jubilaciones y aniversarios de boda y cumpleaños; los velorios, las mañanas para padres y bebés. Inspira las partículas de piel de los vecinos que pasaron por allí antes que ella y le saben a moho y a tweed húmedo.

—Ah —dice una voz desde un rincón oscuro de la sala—, al fin estamos solos. El boleto rosa número 3. El más importante. El decisivo.

Está sentado con las piernas cruzadas en la más hermosa creación que ella haya visto jamás: una escultura, un sagrario, un altar centelleante hecho de objetos naturales. Ella se dirige hacia él a través de las hojas arrugadas y de las ramitas del suelo musgoso de la sala.

Es el emparrado de Lanny. Papá Berromuerto la espera sentado en su interior. Está vestido como un adorno de vivero, un hombre verde de producción industrial para la puerta del cobertizo, con espesas cejas que son hojas de roble, mejillas rollizas, pelo de hiedra y barba de gavilla de trigo. Puede ver las marcas del molde en sus mejillas, y los restos pegajosos del adhesivo amarillo de su precio. Él se encoge de hombros y parpadea.

El emparrado se eleva del suelo como una mano ahuecada, la mayor parte está hecha de ramitas entrelazadas y apiladas, trenzadas con destreza, sujetas con tallos y zarcillos, con barro y helechos, con enredaderas de madreselva peladas y tejidas, densamente aislado del exterior por el musgo y el mantillo que rellenan los huecos, elaborado y asentado a lo

164

largo de una o dos estaciones. El emparrado es fuerte y fascinante.

—Y fíjate en los detalles —dice Berromuerto, y ella ve, al agacharse para asomarse a su interior, que está decorado con huevos de ave, con guijarros y castañas de indias, con conchas de caracol y huesos, es como una gruta, como una diminuta iglesia pagana ornamentada con amor. De su base surgen capas como en un corte geológico transversal: un anillo de paja ligada, otro de corteza revestida de líquenes, otro de vajilla rota recogida en el vertedero oculto por el hayedo. Todo está unido en beneficio del diseño general, para proporcionar un recibimiento intenso. Es impresionante. Ella se sienta al lado de Berromuerto, y confía en él.

Berromuerto inclina la cabeza, inquisitivo.

Ella asiente.

Él la mira a los ojos como pidiéndole permiso.

Ella contiene el aliento.

—Por favor —le pide.

Y es así que Papá Berromuerto rompe delicadamente el tiempo y le muestra a Lanny.

El emparrado desaparece, todo está por construir, y se encuentran sentados en el suelo del bosque, veteados por la luz del sol de la mañana. Le llega el sonido cantarín de su hijo, de la extraña canción-tarareo-cháchara de Lanny, y él aparece entre ellos, lleva los pantalones cortos de la escuela y una camiseta, distraído, maquinador, veloz como el rayo, delicado y concentrado, coloca unas marcas iniciales, limpia el terreno, dibuja el perímetro con un palo, desaparece, regresa con un fardo, se va otra vez, es como uno de esos vídeos en los que aparece la naturaleza a cámara rápida, lo ve mil veces por segundo, su criaturita alada ocupándose de su creación, titilante a la salida del sol a la puesta del sol, los días se extienden sobre otros días pacientes, y ella se da cuenta de que la vida hogareña de todos ellos, el tiempo que pasaba en la escuela, aquello que ella consideraba su existencia real, no era más que un lugar en el que Lanny estaba de visita. Se siente tan bien al verlo... Está dichosa. Él no es real, es solo el recuerdo de Lanny sobre las cosas que tocó, es consciente de ello. Es transparente, entra y sale de la realidad como la luz misma, pero aun así sus gestos, su voz, su maravilloso lenguaje corporal, sus extraordinarios ojos verdes... Ella observa cómo el emparrado se va convirtiendo en parte del bosque. Un ciervo asoma la cabeza por su entrada, a continuación lo hace una mujer de mediana edad con un mapa del Servicio de Cartografía, luego una ardilla, luego Lanny está tumbado en el suelo cantando a pleno pulmón, cogiendo brazadas de mantillo con una sonrisa, luego está sollozando, golpea el suelo, luego está encorvado sobre él, escribiendo sus extrañas formulillas, sus cartas, sus planes, entonces desaparece y el emparrado está a medio construir, a la espera, y el calor lleva extraños cuchillos de luz polvorienta al lugar. Es un espacio sagrado. La piel de cemento de Berromuerto se ha reblandecido, ha cobrado vida con un susurro, ahora está hecho de hojas de verdad, y le sonríe a Jolie y articula la palabra «Mira».

Las paredes se elevan a su alrededor, Lanny empaca y juguetea, altera, anuda y chasquea la lengua, silba y charla, y Jolie nota su cálido aliento animal en la mejilla. Cierra los ojos y siente el pulso crispado de los días y de las noches, y cuando los abre las paredes ya están en pie y Lanny entra y sale, pasa velozmente entre ella y Berromuerto, añade conchas de caracol y piedras calizas, llena todos los huecos posibles con frutos secos y bayas duras, con insectos muertos y ramitas interesantes, y a continuación ella ve a otros chicos a los que reconoce ligeramente entrando veloces en el emparrado, riéndose, y uno de ellos echa abajo una de las paredes, y Lanny regresa para arreglarla con paciencia, sonriendo mientras trabaja, y a continuación se tumba y mira a su madre directamente a los ojos. Ella le sonríe y el niño le devuelve la sonrisa.

Él canta: «Sé bueno y no te olvides de rezar, o Papá Berromuerto con él te va a llevar», y cierra los ojos.

Él dice: «Barba de anciano y musgo y hiedra, de cientos de estaciones ha salido ileso».

—¿Lanny? ¿Cariño?

Él no la puede oír.

Acuclillado frente a ella, Berromuerto se ha oscurecido, en su cabeza foliada han madurado el moho, los hongos y unas crestas de color marrón, se la ve sudorosa, cargada de putrefacción y enzimas. Huele a una verdad natural, como el sexo y la muerte. Es reconfortante, y Jolie se abraza a sí misma e inspira. La habitación se estremece, ronca, zumba. Berromuerto parece estar encogiéndose, marchitándose hacia dentro, los hongos se oscurecen y se vuelven matas húmedas, se tornan abono otoñal nudoso y pastoso.

Él la mira. Levanta una mano, que de una lepiota perfecta se convierte en un estallido de moscas y desaparece. Levanta el débil contorno de la otra mano hasta sus labios y le sopla un beso.

Le dice algo, pero ella solo oye un resuello. Se está hundiendo en el suelo.

—¿Cómo? —dice ella—. ¿Qué?

Él parece susurrar «persigue» o «para ti» y su rostro se vuelve oscuro como una mancha y se disuelve.

Ella ve que Lanny está metiendo las cosas en su mochila, dispuesto a marcharse. La noche se cierne a través de los huecos en las paredes.

—¡No!

Jolie se deja llevar por el pánico, intenta coger a su hijo pero está clavada en el suelo. Sus piernas están fijas. No se puede mover.

Lanny se pone en pie de un salto, coge la bolsa y se agacha para salir del emparrado.

—¡Espera!

Él se aleja corriendo por el sendero, deja atrás el Espino con el Pelo de Elvis, pasa por encima de la cerca y se mete en el bosque oscuro, corre veloz entre los árboles, salta por encima de zarzas y tocones, la mochila rebota contra su espalda.

—¡Lanny!

Ella intenta darle alcance, pero solo puede mirar. Jolie es solo visión, no tiene cuerpo. Lo sigue pero no con su propio ritmo, sin tocar el suelo y sin sentir la temperatura. Está atrapada entre lo que es real y lo que no, atraviesa el aire incompleto, los sólidos árboles. Es como una cámara que realizara la panorámica de un decorado. Es un tormento absoluto, pero también se siente imbuida de una profunda gratitud, la dicha adictiva de su agradecimiento ante lo que se le está mostrando. Le están mostrando a Lanny. Han subido hasta el bosque de Hatchett.

Allí donde la pronunciada falda del viejo bosque se encuentra con el borde vallado de los campos trabajados hay unos cien metros escasos de árboles más jóvenes y finos. Aquello tiene aspecto de frontera, de ser el lugar de encuentro de algo sobre lo que ella no está segura. Es aquel un espacio sereno, listo y a la espera, como un escenario vacío.

Ella llega junto a Lanny mientras él se arrodilla, escarba, tira de una manta de ramas de origen humano. Descubre la cubierta metálica de gran tamaño de un desagüe. Se sirve de un destornillador para abrir la tapa, y a continuación mete los dedos por debajo y la empuja hacia arriba y hacia un costado. La cubierta golpea pesada contra la moqueta de hojarasca.

Jolie le llama pero sabe que no la puede oír.

El campamento de Lanny es un desagüe en desuso excavado en la colina, invisible a menos que tropieces directamente con él. Es un espacio perfecto para el tamaño de un niño, una guarida arrancada al suelo del bosque. Un lugar fantástico para esconderse.

Ella ve cómo su hijo se mete ahí.

—¡Lanny, no!

Ve cómo él se sienta en la reja de metal, un metro por debajo de la superficie, y ve cómo saca sus notas de la mochila, sus bolígrafos, sus pulseras amuleto, su libro, su botellín de agua y su barrita de aperitivo.

Ve horrorizada cómo él se mueve inquieto por la reja. Arrastrando los pies. Ve cómo reconoce el clic y el desplazamiento, ve esa horrible fracción de segundo en que él se da cuenta de que algo va mal. Una expresión de ansiedad atraviesa el rostro del niño mientras la oscura sombra de una nube azota el claro.

Se oye un ruido sordo y un chirrido.

Las pequeñas bisagras de metal se parten, la rejilla oxidada se desprende de las ruinosas paredes del desagüe y cae. El mundo se desploma. El niño y todas sus cosas se precipitan hacia la oscuridad.

Lanny gime de dolor desde el suelo del oscuro pozo y Jolie ruge y araña el aire, pero no está allí. Ella es impotencia y silencio. Él no puede salir y ella no puede entrar.

Desde fuera del agujero, ella oye bramidos y lloros, gritos de auxilio, una voz que se va volviendo ronca de tanto gemir. Los sonidos de la mente de su hijo bajo las dentelladas del miedo. La vergüenza y el remordimiento y un aullido de doloroso desconcierto. Unos ay ay ay suplicantes y unos chillidos súbitos. Suplica que lo encuentren. De todas las maneras posibles intenta trepar, arañar la pared, busca algún asidero. Está atrapado. Intenta muchas cosas. Lanza el libro al exterior y este aterriza con tristeza, abierto a medio camino. Lanny grita y vocifera llamando a sus padres. A sus compañeros. A sus profesores. A su amigo Pete. Los llama a todos.

Al extender su manta de luz sobre él, la luna allana el bosque. Ella no puede soportarlo. Desesperada, quiere asomarse al agujero. Extender los brazos hacia él. Ansía bajar junto a él. Pero sabe que está mirando una repetición, que ha asomado la cabeza por un pliegue en el tiempo. El tiempo. *El tiempo perfecto de la noche*, en el bosque, viendo cómo tu hijo desaparece.

Piensa en el cuadro de la Virgen, una madre de fantasía con un huevo en el regazo, allí donde debería estar el futuro. Las manos enroscadas en torno a una ausencia, acariciando el espacio vacío donde su hijo estuvo alguna vez.

El tiempo se acelera y se detiene, tiembla y patalea de un modo que a Jolie le resulta familiar, se acelera durante las horas de oscuridad para que no tenga que escuchar los sollozos de su hijo y deja de avanzar cuando él está tranquilo, y allí no hay más que la terrible cercanía que los une. Hay una suerte de gracia en ese encuentro irreal, como cuando él acababa de llegar, cuando era un bebé diminuto que comenzaba a respirar y a alimentarse.

Aunque raciona el agua, el niño se toma el último traguito durante la mañana del segundo día.

Hay largos períodos de silencio. Hay destellos de la semana que Jolie ha vivido. Un policía se pasea por el tupido borde superior del bosque mientras saca fotos y Jolie grita desesperada. Le grita —sin voz— que Lanny está ahí, que está justo ahí. ¿Cómo es posible que no lo hayan encontrado?

Un equipo de voluntarios vestidos con chaquetas de color amarillo neón pasa por el límite del campo golpeando la hierba alta con sus bastones.

Un tejón se acerca lentamente y olfatea el libro abierto con escaso interés.

Un hombre se acerca al agujero. Está fumando un cigarrillo y llama a Lanny por su nombre, patea las hojas a su paso. Busca como si no esperara encontrar nada. Lanny debe de estar dormido y no grita. El hombre se aleja y comienza otra noche.

Llegado este punto, ella oye una melodía que brota como una espiral del agujero cuando Lanny se pone a cantar.
Es una guirnalda de partes rimadas y versos de canciones infantiles, de temas pop alterados y súplicas repetidamente sollozadas o entonadas para que lo rescaten. Sus esperanzas comienzan a desvanecerse.

Habla de la sed terrible que siente, del frío glacial que tiene, de su propia mierda y de su pis y de sus lágrimas. A Jolie se le rompe el corazón. Le oye recitar sus extrañas oraciones y las sacude hasta vaciarlas y acaba escupiéndolas: «Ahora crece bajo nosotros, crece sobre nosotros».

«Recoge la lluvia», grita enojado mientras ruega, sueña con un poco de agua. Lame las musgosas paredes de su celda. Chupa las sucias matas de musgo bajo su cuerpo. Se odia a sí mismo. Conoce lo suficiente el cuerpo humano como para saber que el suyo le fallará si no bebe agua.

Durante la cuarta o quinta tarde, Lanny se pone a hablarle directamente a su madre. Le dice que lo siente. Le dice que la quiere. Le susurra historias de gratitud y remordimiento. Le cuenta que tiene tanta sed que podría inventarse la idea del agua segundo tras segundo. Pide perdón perdón perdón perdón perdón. Perdóname, mamá. Perdóname, papá. Decidle a Arch y a Alf y a la señora Lucas que lo siento decidle a Pete que lo siento decidle a la abuela que lo siento. Le describe su emparrado y espera que ella lo encuentre. Entona canciones sobre la terrible extrañeza de estar vivo y la agonía de hallarse atrapado en un desagüe frío y húmedo cuando su cama se encuentra a ochocientos metros de allí. Solloza y pide que le encuentren.

—Por favor, encontradme.

Le dice: «Mamá, me estoy muriendo. Me estoy muriendo, mamá».

Mucho más tarde, con los ojos cerrados, en posición fetal, temblando, se acuerda. En el mismo momento en que comienza a deslizarse hacia el sueño oscuro, en el mismo momento en que su lengua comienza a endurecerse y su sangre comienza a ralentizarse, exhausto, susurra: «¿Berromuerto?».

Jolie siente un hormigueo en la piel y la escena toda se aclara y cobra vida con un chasquido. El aire es vigorizante. El bosque ha despertado.

Lanny dice: «¿Berromuerto? Me lo prometiste. Tengo sed. ¿Por favor?».

—¿Berromuerto?

A cincuenta metros del lugar donde Lanny está atrapado, un retoño de haya tiembla y aumenta de tamaño hasta adoptar vagamente la forma de un pequeño ser humano. Jolie lo observa y sonríe al darse cuenta.

Pues claro.

Es un niño.

Ella intuye que debe de vestir algo parecido a su piel original. Verde. Permanece tranquilo y pequeño ante el sotobosque, ese niño extraviado de su cuna y hecho de tallos verdes. Está desnudo en el crepúsculo, resplandeciente. Los finos bordes de las hojas y sus tallos reciben el peso de sus pasos, adoptan una naturaleza mamífera, luego vuelven a ablandarse hasta ser plantas. Ahora se lo ve feliz. La paz sin confines que flota en el aire a esa hora de la tarde parece emanar de él, inmemorial. Jolie contempla cómo avanza lentamente, radiante, y se da cuenta de que es bueno. Un dios, quizás.

Se dirige de puntillas hacia su amigo, atrapado en el suelo del bosque. Llega al agujero y se tumba, asoma la cabeza por encima de su tapa.

Habla con el niño.

«Lanny Greentree, me recuerdas a mí.»

Se pone en pie. Parece mirar a Jolie. Ella no puede resistir su visión constante. Su cerebro y sus ojos no saben qué mensajes deben dirigirse entre sí, de modo que no hay acuerdo. En su brillo intermitente, él adopta y abandona la forma sólida con destellos, aparece camuflado o inexistente contra el bosque, contra la incredulidad de Jolie. Pero ella es como una soñadora bien adiestrada, sabe interrumpir o perseguir sus propios sueños desde el conocimiento del dolor que le sobrevendrá al despertar, así que se concentra. Lo observa con tanta intensidad que ella misma podría quebrarse.

Berromuerto estira un brazo sobre el agujero y hace crecer lo necesario.

En la palma ahuecada de su mano se forma una manzana, que ha comenzado siendo una mancha de materia verde, que ha crecido lentamente y se ha vuelto rojiza a medida que se redondeaba. Una manzana moteada y perfecta, idónea para su cometido. La deja caer hacia Lanny. Entonces desaparece, regresa con gesto más vacilante, da la vuelta al agujero, menos una figura que una oleada de energía entre dos puntos. Entonces se queda plantado, muy quieto, concentrado, meciéndose en la brisa, y mueve los dedos y en ellos hay avellanas. Se sacude, aplaude y hay una ciruela. A continuación, un puñado de cerezas. Algunos hayucos y un ajo silvestre, docenas de pequeñas fresas salvajes, frambuesas y moras rojas maduran en él y caen hacia el agujero para mantener vivo al niño.

La cosecha milagrosa de sus mejores intenciones para satisfacerle, como si hubiera pasado mucho tiempo esperando el momento de salvar esa vida. Tira al agujero moras y arándanos, se pasea en círculo alrededor del escondite. Presta atención a los ruidos sobrecogedores del banquete que tiene lugar ahí abajo. Berromuerto se ríe y es el sonido de un centenar de pajarillos al levantar el vuelo. Se encorva, forma una taza con las dos manos, cierra sus estomas, es una perfecta vasija de hojas, y la llena de agua, agua fresca de montaña procedente de los acuíferos de caliza que hay bajo sus pies. La vuelca dentro del agujero para que el niño beba.

Todo lo que tiene vida queda involucrado.

Cae la noche y Papá Berromuerto ha terminado.

Jolie se despierta. Ha estado tirada en el suelo del bosque. No sabe cuánto tiempo ha pasado allí. La luna se ha asomado y hace frío y ella ha perdido el sentido de la orientación.

Suena una vocecita en el bosque tembloroso. La está llamando.

Cuesta verlo, pero hay un débil resplandor en la línea de árboles que tiene por encima y sabe que no está sola. Sabe que está cerca, así que grita:

—¡Estoy aquí!

Hay una gruesa barrera de zarzas y de hiedra, de árboles caídos, de alambre y postes podridos, y ella sabe que está cerca, se abre paso a patadas entre los matojos de helechos pero no logra avanzar, la línea de árboles se encuentra a la misma distancia, todo es una maraña de matorrales y ella lo recuerda como algo más abierto, menos denso, más cercano, no logra avanzar, vuelve a estar de rodillas y no logra ver, lucha contra la pendiente, se siente como si pudiera irse hacia atrás y caerse de la tierra, y entonces «¡Vamos!» la empujan desde atrás, son dos manos firmes, la fuerza de otro cuerpo, algún tipo de apoyo. Robert está allí con ella, grita como si estuvieran en medio de una batalla. Trepan, se acercan al lugar y a ella le resulta familiar pero no es como lo vio, hay troncos y partes de coches viejos y unos enormes pedernales le hacen tropezar y el zarzal entre ella y el claro es denso. Jolie rompe la maraña de escaramujo y le sangran las manos y Robert patea una y otra vez la fortaleza de hierbajos y espinos y otras dos manos fuertes empujan la espalda de Jolie cuando ella está a punto de caer hacia atrás y Pete está allí con ellos, «¡Vamos!», Pete tira de las brozas, pisotea las ortigas con fuerza, aparta pedazos grandes de madera mohosa, ruge «Te tengo», y los tres continúan avanzando como si los guiara algo. Una trinidad de esfuerzo desesperado. Desgarran y estiran y se revuelcan mientras Jolie llama a Lanny.

Ella grita su nombre. Pete y Robert se le unen, lo llaman a gritos. Empujan su nombre, lo incrustan en el sotobosque, en las bolsas de oscuridad, encuentran indicios de senderos y acto seguido irrumpen en el campo abierto, las hojas húmedas y los olores familiares, una montañita con los cristales rotos de botellas centenarias, un cono de tráfico, basura identificable, desechos contemporáneos, una botella de plástico de una bebida isotónica que Robert reconoce, chilla y los otros dos se suman a él y Jolie dice que este es el punto, este es el lugar. Hay una bolsa zipper para congelar cosas, bastante limpia y reciente, hay un libro infantil, van encontrando cosas, gritan con cada nuevo descubrimiento, y ahora hay perros con ellos, frenéticos, avanzan entre resuellos, olfatean y ladran, está oscuro pero hay luces intermitentes y hay más gente, diversas voces con linternas, con guantes y botas pesadas, con un objetivo claro, cizallas enormes, vehículos, las luces desenredan el sotobosque, de repente el suelo no es más que suelo, un lugar pequeño y plano e íntimo, haceos a un lado, por favor, haced sitio, hay una tapa de metal, a continuación hay un recuadro de cemento, un agujero, el crepitar de la radio y las luces azuladas en la distancia, gritos y desavenencias y sirenas y mensajes, pantallas, hombres que vociferan pidiendo espacio, pidiendo equipamiento, que se trate la escena como es debido, pidiendo calma, y Jolie que grita pidiendo silencio, Jolie que se tumba, que extiende el brazo. El pequeño fragmento de luz en torno a ese extraño desagüe, las señales con la mano, los pitidos, los jadeos y las maldiciones, y de repente el bosque se detiene.

Todo el mundo se queda callado.

No hay más que una madre y el nombre de su niño.

PEGGY

Qué cosa tan falsa, los finales. Un alimento para tontos que nunca es lo que asegura ser.

Sin embargo.

Fallecí el verano después de que sacaran a Lanny del desagüe del bosque de Hatchett. Mi corazón se detuvo, pero mi cuerpo se quedó aguantando la cancela quince minutos más. Varias personas le desearon las buenas tardes a mi cadáver mientras se enfriaba. Al final, una ligera brisa hizo que me desplomara. Me quedé en el sendero durante una hora o dos hasta que me di cuenta de que podía marcharme libremente, de que podía levantarme e irme y dejar los restos de la vieja Peggy tirados en el sendero.

La mayoría de las noches voy hasta el lugar de Lanny, y la verdad es que se ha transformado notablemente. Cerca del punto donde se removió la tierra hay un retoño con aspecto de niño. No crece más. Tiene la altura de un muchacho, está sano y le da el sol de la tarde.

La brisa es más amable, ahí arriba, el viento pasa con una profundidad diferente. La sola presencia del chico alteró el lugar. Sus canciones dejaron algo allí.

Ahora responde a otro nombre. Cuando le preguntan al respecto, cuenta una historia sencilla: se cayó, durmió, estaba asustado; sobrevivió gracias a una mochila llena de aperitivos.

Sabe que la gente se sintió defraudada, que no fue la historia que esperaban. O la que deseaban. Sabe que, cuando lo encontraron con vida, se convirtió en una admonición andante.

Los carteles y los folletos fueron reciclados, la policía se marchó, la oficial de enlace fue ascendida, el matrimonio de Robert y Jolie se deshizo, Peter Blythe dejó de exponer obra nueva. Lanny es ahora más alto y peludo, se mueve con mayor lentitud, hace menos preguntas y tiene las ideas más claras sobre el hombre y la naturaleza. Se junta con sus amigos detrás de la parada de autobús para fumar y echarse unas risas.

Ha intentado borrar el recuerdo de Papá Berromuerto. Como el último hablante de una lengua cualquiera ha tenido que olvidar para poder sobrevivir, pero parte de ese conocimiento permanece en sus huesos.

Podría continuar, pero mirad:

En las profundidades de un bosque inglés de silvicultura hay un anciano que contempla las raíces de un árbol caído, sentado sobre un tocón.

Saca un cuaderno de gran tamaño y dos tablillas de madera.

Abre una cajita de carboncillos y extrae de ella una frágil barrita de sauce quemado. Se sienta y, durante diez minutos, no hace nada más que mirar. Las hayas lo observan, está a salvo bajo su dosel.

Entonces comienza a desplazar la base de la mano por la página, sin dejar en ella ninguna marca, permitiendo simplemente que su brazo y su ojo y las formas que está contemplando se familiaricen los unos con los otros, y a continuación, con trazos llenos de confianza, comienza a dibujar las raíces, hace que pasen a cobrar forma sobre el papel. Su línea salta y se incomoda ante la idea de las raíces, y estas juegan a ser huesos, cuerpos enmarañados, edificios carbonizados, las estructuras metálicas destruidas de leviatanes industriales, perfiles, serpientes, nudos y cavidades, y él sonríe porque, a medida que las oscurece y las trabaja, comienzan a parecer y a dar la sensación de ser raíces de árboles.

—Loco Pete.

—Ah, buenas tardes, caballero.

El anciano se agacha y deja caer su dibujo al suelo. Se pone
en pie y se lleva una mano a la parte baja de la espalda, a sus
huesos doloridos.

—Ven para aquí.

Los dos hombres se dan un abrazo. El más joven le saca al
otro treinta centímetros y sonríe, inclinado como está para
mantener el abrazo, al ver el dibujo en el suelo.

—Qué bueno.

—De acuerdo, Maestro Durero, prueba tú.

El joven saca dos botellas de cerveza de la mochila. Extrae las
llaves del fondo y les quita el tapón a las dos y le ofrece una
al anciano. Brindan y beben.

—Esto es de parte de mamá —dice el muchacho mientras le
da un libro al hombre—. Es una copia firmada del último.

—Oh, demonios, más pesadillas.

—Siempre son más pesadillas.

El anciano arranca una hoja de su cuaderno y la asegura con
un clip metálico a la tablilla que le sobra. Le da la tablilla y
una barra de carboncillo a su compañero y asiente en
dirección al árbol caído.

Les quedan una o dos horas de buena luz.

Se ponen a dibujar el bosque que les rodea.

AGRADECIMIENTOS

Todo mi cariño y mi agradecimiento a:

Lisa Baker.
Mitzi Angel y Ethan Nosowsky.
Todos los de Faber, Graywolf, Aitken Alexander y Granta.
Kate Ward, Louisa Joyner, Eleanor Rees, Jonny Pelham,
Rachel Alexander, Kate Burton, Catherine Daly y Katie Hall.
Lucy Dickens.
Los editores, traductores y amigos internacionales.

Y antes que nada, gracias, Jess, por todo.